Herrschaft des Elektrohades

Erster Teil:

AF236043

Hofphilosoph - Gefangener erster Klasse

© 2021 Peter Schwarz
Herstellung und Verlag: BoD – Books on
Demand, Norderstedt
ISBN: 9783754345511

1.

Als Erich mit den Händen in Ketten ins Verlies gebracht wurde, hatte er Genugtuung. Er hatte es weit gebracht. Nicht dass er es sich ausgesucht hätte. Doch wie schrieb er noch in seinem Buch, von dem der König dachte, er allein besäße es? Man braucht keine Inspiration, sondern einen Grund zu schreiben. König Blasius der Letzte, wie sie ihn bald alle nennen würden, legte großen Wert auf seine Bildung. Nicht der Erleuchtung, sondern dem Erhalt seiner Macht wegen. "Wer lange Herrschen will, muss lange denken." Diesen Spruch entnahm er Erichs Werk "Dictius Aurum". Erich war König Blasius' Berater seit er ihn als jungen Knaben aus einem der strengsten Klöster im ganzen Land herausgeholt hatte. Für Erich, der nichts gekannt hatte ausser karges Essen, langen Unterricht und zwanghafte Keuschheit, war es Anfangs ein Segen. Zwar wurden nicht weniger Ansprüche an ihn gestellt, doch es war ein Leben mit mehr Möglichkeiten. Er durfte Musik hören und machen wie es ihm beliebte und manch ein Mal nahm ihn Blasius auf die Jagd mit. Er konnte in die Bibliothek gehen, wann immer er wollte und es stand ihm sogar frei, sich einmal eine Frau zu nehmen. Doch eines blieb ihm nicht erspart: Er musste schreiben, und das nicht wenig. Für den König allein. Dazu war er gezwungen sich Gedanken zu machen. Blasius verlangte dass, er mindestens 2700 anständige Seiten innerhalb von drei Jahren zustandebrachte, die ihm und seinen Nachkommen Unterhaltung, Bildung und Ergötzung bringen sollten. Von besonderer Bedeutung waren Fragen und Antworten über Krieg, Macht und Gott. Doch was König Blasius am meisten beschwichtigte war die Essenz der Philosophie, und er glaubte mit Erich einen wahren Glücksfund und guten Philosophen entdeckt zu haben. Er war ihm viel wert, bis er ihm eines Tages ein Dorn im Auge wurde. Der Kerkermeister öffnete Erichs Zelle. Seine Gehilfen schmissen ihn dort wie einen Sack in die Ecke. >>So, mein armer schwarzer Kater.<< sagte der Kerkermeister >>Du wirst von niemandem bis morgen Früh etwas hören. Wenn es einen Wunsch gibt den ich dir erfüllen darf, solltest Du ihn jetzt äußern.<< >>Der König weiss nicht, was ich weiss. Er täte gut daran sich eines Besseren zu besinnen und mich entweder zu töten oder sich zu überlegen, wie er sein Bündnis mit mir wiederherstellen kann. Ich würde ihm noch eine Chance dazu geben. Vielleicht kann er der Welt doch noch ein Geschenk werden.<< >>Du Verrückter! Pass lieber auf was du in meiner Anwesenheit über König Blasius den Siebten sagst!<< >>Spielt euch nicht so auf, Ihr seid auch nur ein Untergebener und habt mir erst seit ein paar Stunden etwas zu sagen. Ich werde entweder einem wahren König oder einem Herren dienen, der das Geschenk des Geistes zu schätzen weiss. Aber ich werde frei sein, für das erste Mal und für den Rest meines Lebens!<< >>Wieso solltest Du unserem oder einem anderen König noch etwas bedeuten?<< Erich sah mit funkelnden Augen den Kerkermeister an >>Weil ich einen wahrhaftigen Blitz im Geiste habe!<< Dieser runzelte nur die Stirn und sagte: >>Du hast ein Geheimnis? Das werden wir dir schon noch entlocken.<< >>Welch ein Glück, dass ich auch über euer Geheimnis informiert bin. Deshalb weiss ich auch, dass ihr im Grunde ein guter Mensch seid.<< Der Atem des Kerkermeisters fing an zu beben >>Geht weg.<< befahl er seinen treuen Untergebenen. Diese taten das auch und nachdem sie fort waren, fragte der Kerkermeister: >>Ihr wisst von Grimhild?<< >>Oh ja, mein Freund. Und eines kann auch ich euch sagen: Sie ist keine Hexe und ist schlauer als manch ein Gelehrter. Und dass ihr sie unter all diesen Umständen befreit habt, zeigt dass ihr ein wahrer Ehrenmann seid.<< Das machte dem verdutzten

3

Kerkermeister Unbehagen, doch es machte ihn auch neugierig. Und weil damals vor allem in einem Verlies Geschichten die einzige Unterhaltung des Volkes waren, bat er Erich: >>Bitte, erzählt mir alles, Meister.<< Und so beginnt unsere Geschichte.

2.

Der Frühling begann als Erich sein 17. Buch fertigbrachte. Er war die Nacht zuvor noch lange bei schwachem Kerzenschein in seiner Stube gewesen, um es zu vollenden, wusste aber noch nicht, wie er es nennen sollte. Es enthielt Sprüche, Thesen und Überlegungen. Er zog es vor keine Geschichten zu schreiben, sondern fand, dass es für die Moral nicht zwangsläufig einer Geschichte bedarf und dass man, um die Wahrheit eines Gedankens zu vermitteln, nicht unbedingt immer viel erzählen musste. Als er sich von seinem unruhigen Traum erholt hatte, läutete er die Glocke. Kurz darauf kam die Magd mit seinem Frühstück. >>Guten Morgen, mein Herr. Hattet ihr wieder einen unruhigen Schlaf?<< Fragte sie als sie ihm Traubensaft in einen Becher goss   - So wie jeden Morgen. >>Nur die üblichen Hirngespinste. Sie sind meine frostigen Begleiter. Sie plagen mich jede Nacht, doch wie könnte ich ohne sie so viel zu Papier bringen.<< >>Nehmt euch doch mal etwas mehr Zeit für euch selbst. Blasius wird noch genug zu lesen haben. Ihr schreibt doch schon mehr als er jeh lesen würde.<< >>Da kennt ihr ihn wohl schlecht, zumindest in dieser Hinsicht. Er sollte lieber mehr in der einen Schrift lesen, wenn ihr mich fragt. Doch glaube ich, dass seine Auffassung von Gott zu wandlungsfähig dazu ist.<< Mit einer Mischung aus Bewunderung und Mitleid sah sie ihn an. >>Mit euch möchte ich nicht tauschen.<< Er erwiderte ihren Blick, sah dann zu Boden. Sie war schön, doch sie hatte bereits einen

4

Mann, was Erich respektierte auch obwohl er 25 Jahre jung, gutaussehend war und nie eine Frau hatte. >>Danke. Ihr könnt nun gehen. Ich muss noch einiges bedenken.<< Sie verschwand lautlos aus dem Zimmer. Er setzte sich zum Tisch und genoss seinen Traubensaft, während er versuchte sich an seinen Traum zu erinnern. Viel war da nicht. Doch dann murmelte er zu sich: >>Dictius Aurum... So werd ich's nennen.<< Er nahm noch einen Schluck Traubensaft und sah zum Fenster raus, einen tiefen Hang hinab, denn das Schloss befand sich auf einem Berggipfel. 14 Jahre waren nun vergangen seit Blasius ihn in seinen Dienst gestellt hatte. Jeh jänger er darüber nachdachte desto mehr überkamen ihn Wut und Zweifel, ob seine Arbeit einen sinnvollen Zweck erfüllte. Was, fragte er sich, bildete der König sich eigentlich ein, all Erichs Arbeit nur für sich zu beanspruchen? Sollte nicht jeder die Wahrheiten, die er erschloss, erfahren? Erich hatte Wut, nein mehr als das, er hegte Rachegefühle. All der Zwist und all der Neid im Volk und vor allem hier am Hofe. War nicht das Spiel der Rache selbst der Grund für all das? >>Eine Lüge löst eine Kettenreaktion aus.<< dachte er sich. >>Und wer eine Lüge spricht, muss viele sprechen. Wer eine Lüge glaubt, muss viele glauben.<< Ja, er würde sich rächen an der Lüge selbst. Er nahm ein Pergament zur Hand und schrieb oben hin: "Sprüche des Hofphilosophen - Gefangener erster Klasse". Er kratzte sich die Stirn und ging in sich. Was sollte er selbst dem noch mitteilen, der nicht lange zu lesen verstand? Er wusste es bereits in dem Moment, als er sich fragte. >>Die Befreiung muss das oberste Ziel sein. Wer es versäumt der Befreier zu sein, wird selbst zum Gefangenen. Denn nicht der Tod, sondern der Sarg ist das Problem.<<
>>Am Spiel der Rache liegt's, dass es keine aufrichtige Reue gibt. Denn Rache ist die letzte Versuchung des Teufels. Und jeder, der um den Sinn der Existenz und um den Unsinn des

Leids weiss, weiss dass der Tod die Vergütung und die beste Vergeltung ist.<<

>>Wer das Leben zum Geheimnis macht, sollte es hüten. Nicht das Geheimnis nagt an der Zeit, sondern die Zeit nagt am Geheimnis.<<

>>Dem das nicht glauben machen will, diesem glaub ich.<<

>>Wer das Leben zum Wettstreit macht, sollte sich unterstehen zu schummeln. Denn nicht das Recht des Listigen ist besser als das Recht des Stärkeren. Und glaube nicht besiegt zu haben, was Du nur geschwächt hattest.<<

Und dabei dachte er an Blasius und den Rest des Hofstabs, für die stehlen und beschenkt werden einerlei waren. Und er schrieb weiter. Er schrieb noch ein zweites, ein drittes, ein viertes und fünftes Pergament. Er hätte noch ein Sechstes geschrieben, wenn Blasius nicht nach ihm geläutet hätte. Zur Tür hinein kam die Magd. >>Mein Herr, der König verlangt nach Euch.<< >>Sagt ihm, dass ich gleich komme, sobald ich mich angemessen gekleidet habe.<< Und sie verschwand wieder lautlos aus der Stube. Erich versteckte die Pergamente in seiner Truhe unter seiner Jagdkleidung, denn dieses Buch schrieb er für's Volk und nicht für den König. Dann zog er sich an und sammelte sich. Er betrachtete sich einen Augenblick im Silberspiegel. Er müsste sich wohl bald wieder rasieren dachte er. So sah er also aus, zumindest spiegelverkehrt. Er fragte sich nach dem wahren Wert seiner Person. Ein lebendiger Mensch will schenken. Auch er wollte das. Doch er wollte alle beschenken, nicht nur ein einziges Königshaus. Er stellte fest, wie sehr er befürchtete, dass Blasius die Pergamente in seiner Truhe fände. Wie konnte man nur so selbstgerecht sein? Er wandte den Blick vom Spiegel ab und seufzte. Dann kleidete er sich und ging hinunter in den Vorsaal, mit "Dictius Aurum" unterm Arm, denn er hatte erraten, warum man ihn gerufen hatte. König Blasius kam ihm gerade aus dem Garten entgegen. >>Da ist er ja, der fleissigste Mann am Hofe, ja ich möchte schon sagen, des ganzen Reiches.<< lobte er Erich. >>Zu Diensten, mein Herr.<< >>Wie ich sehe, habt ihr euer Werk vollendet. Wie viele Seiten hat es?<< >>700, mein Herr.<< >>Fleissig. Aber natürlich geht es ja um den Inhalt, natürlich ist euch das bewusst. Lasst mich doch mal sehen.<< Und er überreichte ihm das Manuskript. Blasius sah in die Luft und schlug eine zufällige Seite nahe der Mitte auf. >>Zu viel Wahrheit ist bei zu viel Dummheit zu gefährlich...<< las er vor. >>Wahrlich eine treffliche Aussage. Ihr scheint mir ja die Bürde eines Herrschers gut nachvollziehen zu können.<< Erich wurde verlegen. >>Es liegt alles im Auge des Betrachters, mein Herr.<< Eine gefährlich taktlose Antwort vor einem König. Doch zu seiner Erleichterung schien es, Blasius hatte diese Antwort nicht in ihrem vollen Umfang begriffen. >>Ha! Ja, nur hat nicht jeder das Privileg ein Buch wie dieses zu lesen, aus eben diesem Grunde. Verwunderlich wie und wie oft ein Buch auf einer zufälligen Seite aufgeschlagen den Nagel auf den Kopf trifft. Ach, übrigens, wie nennen Sie diese Schrift?<< >>Dictius Aurum, so kam es mir heute Nacht in unruhigen Träumen.<< >>Trefflich, vortrefflich! Gesprochenes Gold<< >>In anderen Schriften gibt es auch viel zu entdecken. Um ehrlich zu sein, mein Herr, würde ich lieber gerne mal eine Zeit lang nichts schreiben. Denn Schweigen ist bekanntlich das wahre Gold. Gewiss werde ich danach mehr arbeiten als eh und jeh.<< Blasius sah ihn ernst doch verständnisvoll an. >>Wenn das euer Wunsch ist, soll er in Erfüllung gehen. Für einen Mann mit eurem Verstand hätte ich jedoch zuvor noch eine Aufgabe. Bevor ihr euch eure lange ersehnte, wohl verdiente Ruhe gönnt.<< >>Die wäre, mein Herr?<< Blasius sah sich um, um sich zu vergewissern, dass niemand sonst da war. >>Ein Hexer hat eine interessante Entdeckung gemacht und ich möchte sie mir zu Nutze machen.<< >>Aber mein Herr, wenn der

Klerus das...<< >>Ihr werdet dieses Geheimnis bewahren!<< sagte Blasius mit warnendem Ernst in seinem Blicke. >>Ja, mein Herr.<< >>Es handelt sich um ein Werk, das uns die Macht der Blitze selbst zu Nutze machen kann. Sie sollen es erforschen und mir und meinen Nachkommen schriftlich festhalten.<< >>Wer ist dieser Mann?<< >>Der Bruder einer Hexe, die sich in dieser Gegend versteckt hält. Das haben wir ihm im Verlies entlocken können. Folter war dazu nicht ausreichend. Er verlangte einen Schwur dass man ihr nichts antue, wenn er dazu noch dem König eine mächtige Waffe im Austausch für seine Freiheit biete. Da er glaubhaft machte vom Verbleib seiner Schwester nichts Genaueres zu wissen oder zumindest bewiesen hatte, es nie zu sagen, gewährte ich es ihm. Und ich werde mein Wort halten.<< >>Wie Ihr wünscht, Meister. Wo ist dieser Mann jetzt?<< >>Noch im Verlies. Er wird Morgen Früh zu euch in die Bibliothek gebracht. Das scheint mir der beste Ort für eure Arbeit. Ihr könnt sicherlich nachvollziehen, dass er stets von Wächtern begleitet sein muss.<< >>Einleuchtend. Nur würden diese dann ebenfalls in unser Geheimnis eingeweiht.<< >>Nein. Ich konnte zwei taube Wächter aus der Nachbarsstadt auftreiben. Sorgt nur dafür, dass sie keine vertraulichen Schriften zu Gesicht bekommen. Über Weiteres informiert euch Ulrich morgen Früh. Macht eure Arbeit und ihr sollt euren Urlaub bekommen.<< >>Gewiss, mein König<< Blasius drehte sich um und ging zurück in den Garten. Erich ging zurück in sein Zimmer, beschwingt und doch nicht minder nachdenklich. Ein Ding, das die Macht der Blitze hat? Und ausgerechnet König Blasius sollte es besitzen? Aber die Welt war nun mal, wie sie war. Er konnte sich glücklich schätzen nicht im Kloster geblieben zu sein. So widmete er sich wieder seinen Sprüchen, nahm Feder, Tinte und Papier und schrieb. >>Muss denn ein

Mensch zuerst seiner Geschichte beraubt sein, um eine neue zu erfinden?<<

3.

Da Erich noch bis tief in die Nacht hinein wach geblieben war und geschrieben hatte, wachte er nicht wie sonst üblich früh von alleine auf, sondern durch das Zurufen der Magd.>>Herr, Herr!<< Er riss verdutzt die Augen auf und fragte pflichtbewusst nach der Uhrzeit. >>Es ist bereits neun Uhr. Hattet ihr denn wieder viel zu tun?<< >>Habt ihr heute schon etwas von Ulrich gehört?<< >>Nein. Aber gesehen habe ich ihn wie er eilig zum König ging. Dort wird er wohl auch noch sein.<< >>Dann verspätet ER sich wohl, und nicht ich. Welch ein Glück.<< >>Ihr habt etwas mit ihm zu unternehmen?<< fragte die Magd und wurde sich im gleichen Augenblick der Schuld ihrer Neugier bewusst. >>Ja, aber das ist eine private Angelegenheit.<< >>Verzeihung. Euer Frühstück steht auf dem Tisch.<< Und sie entfernte sich lautlos wie immer. Wieder herrschte Stille im Raum. Er stellte fest, dass die Pergamente noch immer am Schreibtisch waren. Wie nachlässig. Die Magd hätte es wohl nicht weiter interessiert, doch er rügte sich. Wenn Ulrich statt der Magd hineingekommen wäre, wäre es wohl kein Geheimnis mehr geblieben. Ulrich war Berater und oberster Sekretär des Königs. Aus Erich schleierhaften Gründen schien er Erich zu beneiden. Er beneidete ihn, dass Blasius ihn mehr schätzte als ihn. Aus welchem Grund auch immer wollte er dem König gefallen, obwohl er keineswegs an ihn so gebunden war wie Erich. Denn Ulrich war selbst von blauen Blute. Die Minuten vergingen und Erich vernahm keine Schritte in den Gängen vor seiner Tür. Doch Erich verfiel immer in reges Denken ehe er sich gelangweilt hätte. Und einen Anlass zum Denken hatte er jetzt auch gewiss. Ein sogenannter Abtrünniger, ein Ketzer, ja sogar in seiner schlimmsten Art ein "Hexer", der Blitz und Donner sich vom Herrgott stahl. Winzig in der Dunkelheit musste er harren und Folter über sich ergehen lassen. Er hätte Erichs Spruch vom Tod und vom Sarg verstanden. Doch er wusste sich zu helfen und ausgerechnet das, was ihm diese Passion eingebracht hatte, würde ihm nun zu seiner Freiheit gereichen. Und noch mehr als das, so schwor sich Erich. Er würde seinen Einfluss spielen lassen und ihn reich und mächtig machen. >>Denn solcher Art Könige hätte dieses Land nötig.<< sprach er. Zur Tür herein kam Ulrich. >>Habt ihr gerade eben mit euch selbst gesprochen, Erich?<< >>Nein, nein. Mir fiel nur eben ein Satz für König Blasius' zweite Biographie ein. Aber wie dem auch sei. Ist der Mann schon da?<< >>Ja, mit samt den tauben Wächtern. Sie warten in der Bibliothek.<< >>Wohl an denn. Ich bin bereit. Und Ihr?<< >>Bereit bin ich, aber abgesehen davon, ist mir die Sache nicht ganz geheuer. Dieser Ketzer, Hartmut ist sein Name, ist mit aller Gewissheit vom Teufel besessen. Er verbrachte zwei Monate ohne Sonnenlicht oder Kerzenschein in seinem Kerker und wollte dann selbst auf der Streckbank nicht verraten, wo sich seine Schwester, diese Hexe versteckt hält. Wenn ihr mich fragt, ist es kein kleines Wagnis, dass sich der König ausgerechnet ihm mit einem Schwur bindet. Doch ich bin in erster Linie König Blasius und nicht dem Klerus zu Loyalität verpflichtet.<< von sich selbst entrüstet sah er Erich bei diesen Worten mit zögerlicher Miene an. Doch Erich verstand ihn nur zu gut. >>Ich ebenfalls, Ulrich, mein Bester. Oder zumindest einziger.<< >>Das freut mich zu hören. Wenn die Kirche nicht über irgendein geheimes Wundermittel verfügt, könnten sich die Kräfteverhältnisse dieser Welt bald von Grund aus ändern. Dieser Hartmut weiss Erstaunliches. Wusstet ihr, dass es Methoden gibt, die Blitze in mechanische Kraft umzuwandeln? Dieser Kerl hat's mir selbst gezeigt! Er weiss, wie man aus einem gewöhnlichen Stück Eisen einen Magneten macht.<< Erich war in der Tat begeistert.>>Das klingt ja erstaunlich!<< >>Wohl an. Am besten ihr seht es mit eigenen Augen.<< >>Ich kann's kaum erwarten.<< Und so gingen sie die Treppen hinab zur Bibliothek. Als sie vor der Tür standen hielten sie an. >>Seid vorsichtig.<< sagte Ulrich >>Dieser Hartmut ist mit allen Wassern gewaschen, und seit seiner Festnahme wäre dies für ihn die beste Fluchtgelegenheit.<< >>Mein Gefühl sagt mir, dass er weiter denkt als Ihr es ihm zutraut, Ulrich.<< Entgegnete Erich.>>Seid trotzdem vorsichtig.<< Und Ulrich öffnete die Tür. Als sie eintraten, sahen sie flankiert von den Wächtern, das gemarterte und doch vitale Antlitz eines Heiligen. Erich und Ulrich, der hinter sich die Tür verschloss, schwiegen eine Weile. Dann sprach Erich >>Ihr seid also Hartmut, der verklärte Gelehrte?<< >>Du sagst es.<< >>Wir sind hier bei einer höflichen Anrede, ihr Schuft!<< fauchte Ulrich. >>Lass gut sein, Ulrich. Er hat lange genug gelitten, um es sich verdient zu haben, dass wir ihn wie einen Freund behandeln.<< Ulrich blickte weiter skeptisch. >>Nun gut. Dann solle er anfangen. Erklärt uns eure Idee.<< >>Es ist nicht meine Idee. Sondern es wurde mir anvertraut von einem Weisen, der durch euren ach so ehrenhaften König sein Ende am Scheiterhaufen fand!<< >>So, so.<< Erwiderte Ulrich >>Wie hiess er denn, dieser ach so weise?<< >>Dass ich nicht so ohne Weiteres auf dumme und ohnehin belanglose Fragen antworte, dürften die Herren ja wohl schon wissen.<< >>Passe er gut auf, wie er über den König und seine Bediensteten spricht!<< >>Ulrich!<< stöhnte Erich >>Lassen wir diese nichtssagenden Formalitäten. Diesen Mann konnten Monate lange Höllenqualen nicht brechen. Ich denke nicht, dass ihn Eure Worte noch sonderlich beeindrucken. Hartmut, habt ihr einen Wunsch nach all dieser Tortur?<< >>Man lasse uns Met bringen.<< sagte Hartmut >>Und dann beginnen wir.<< Ulrich schrieb die Order auf einen Zettel und gab sie einem der Wächter. Dieser ging sogleich hinaus. Schweigen herrschte eine ganze Weile lang. Dann sah Hartmut die beiden Königsdiener mit seinen leuchtenden, smaragdgrünen Augen an und ergriff das Wort. >>Und was machen die Herrschaften hier so am Hofe den lieben, langen Tag?<< >>Ich bin Blasius' Berater und... naja...<< Erich wusste nicht wie er seine Tätigkeit hier am besten mit einem Wort beschreiben sollte. >>Nun, ich bin... ich bin Philosoph.<< Hartmut lachte lauthals, Ulrich blickte diesen zornig an. >>Ha! Ein Hof-Philosoph. Wie extravagant es die Obrigkeit doch treibt.<< >>Was weiss ein Mann aus dem Pöbel schon über die Obliegenheiten eines Königs und seinen Untergebenen.<< sagte Ulrich >>Eben nicht sehr viel, das ist durchaus wahr. Umso neugieriger bin ich, was der Herr den ganzen Tag so macht.<< >>Das geht euch nicht im Geringsten...<< >>Ich schreibe Bücher. Bücher für den König.<< Eigentlich war das mehr oder minder eine Art Geheimnis, weshalb Ulrich ganz perplex auf Erich blickte. >>Nun<< sagte Hartmut >>Das ist ja immerhin nützlicher als im Schlossgarten das Unkraut zu jähten oder stumm dazustehen und einen harmlosen Verrückten wie mich zu bewachen!<< Schnauzte er zum stillen Wächter neben ihm. Dessen Kollege kam zur allgemeinen Erleichterung mit einer großen Flasche Met und drei Krügen wieder zur Tür herein.>>Na, endlich! Stell alles auf den Tisch.<< An der Gebärde die Hartmut machte, verstand der Wächter und stellte alles auf den Tisch. >>So, meine feinen Herren...<< rief der Gefangene feierlich aus, als er sich den Met in den recht großen Krug goss.>>Nun können wir *beginnen*.<< Und er machte Anstalten auch den anderen einzuschenken. >>Ich trinke nicht.<< sagte Erich. >>Ach wirklich? Nicht? Nicht mehr? Oder noch nie?<< fragte Hartmut der schon bereits den halben Krug ganz unversehens geleert hatte.

>>Noch nie.<< >>Na dann wirst Du nicht viel brauchen und es bleibt mehr für mich und meinen zänkischen Freund hier, nicht wahr?<< Ulrich's Sinn für Feinheit schien ihm auf seiner Stirn zu jucken, sodass er sie nach wie vor runzelte. >>Bauern-Manieren! Wenn Ihr euch uns nicht bald als nützlich erweist, sperren wir euch in den Kerker für den Rest eures Lebens. Zeigt uns nun die Maschine, sonst setzt's was!<< Hartmut schüttelte den Kopf und fand das alles so ernst wie komisch.>>Tja, also schön. Die Truhe dort drüben.<< Die Wächter schleppten gemeinsam die Truhe heran und stellten sie Hartmut zu Füßen. Dieser öffnete sie und nahm eine seltsame Maschine heraus, die wie ein Kästchen mit einer Kurbel dran aussah. Ulrich deutete den Wächtern, sich aus dem Sichtfeld der Maschine zu entfernen. Erich wunderte sich.>>Eine Spieluhr?<< >>Nein, auch wenn ihr mich damit auf eine interessante Idee bringt. Aber nein, es ist wesentlich kurzweiliger.<< Er nahm ein Stück Holz und hielt es an einen Draht, der sich aus dem Kästchen heraus und wieder in dieses hineinwölbte, kurbelte einige Sekunden und dann geschah das Erstaunliche. Der Draht fing in kürzester Zeit an rot zu glühen und im Nu brannte das Stück Holz. Erich war ausser sich vor Begeisterung, auch Ulrich nicht weniger, obwohl er diese Geräte schon zu Gesicht bekommen hatte.>>Könnt ihr mir dieses Phänomen auch erklären?<< fragte Erich. Hartmut seufzte.>>Leider nicht so gut wie Sigmund. Ruhe er in Frieden. Er ist jetzt nur noch Asche.<< >>Was!<< rief Ulrich entsetzt aus >>Sigmund ist der Weise von welchem Ihr spracht?<< Und man vermeinte festzustellen, dass seine Augen nässer wurden. >>Kanntest Du ihn etwa?<< fragte Hartmut, seinerseits genau so überrascht.>>Er war mein geliebter Cousin! Der Sohn des Bruders meiner Mutter. Kein Adeliger, wie ich, auch wenn er es wahrlich mehr verdient gehabt hätte, wie diese Tatsachen jetzt auch abermals bestätigen.<< Darauf erwiderte keiner der

Anwesenden noch ein Wort. Erich lugte ihn von der Seite an und konnte nur allzu gut in seinem Gesicht lesen was Ulrich jetzt erkannte und was er sich fragte. Blasius, dem er Treue geschworen hatte, er hatte Sigmund an den Klerus ausgeliefert. Man ließ verlautbaren er hätte Unflat und Ketzerei betrieben, hätte Dinge getan, die man in diesen Zeiten nicht mal beim Namen nennen wollte. Ulrich hatte nach aussenhin so getan, als hätte er das, wie jeder andere auch geglaubt. Wie hätte es auch anders sein können? Aber wenn er so allein darüber nachdachte, wusste er das dem nicht so war. Und Blasius? Er, der sich alle Gunst großer Geister eingeheimst hatte. Der er Ulrich nur benutzte und betrog. Er, so sagte sich Ulrich, er würde es bereuen. Doch er ahnte nicht, dass Erich schon lange wusste, wie selbstherrlich und arrogant und fehl am Throne Blasius war, weshalb Ulrich sich nicht anmerken lassen wollte, welche Pläne er nun schmiedete.>>Nun denn...<< sagte er schliesslich als sei es nicht weiter von Wichtigkeit.>>..dann erklärt uns nun dieses Ding.<< Hartmut, der ein feines Gespür für Gottes Fügungen hatte, sagte nichts mehr dazu und öffnete das Kästchen. Darin zu sehen war ein System aus goldenen Spulen die an einer rundlichen Scheibe festgemacht waren, die sich, verstärkt durch ein Zahnradgetriebe, bewegt durch die Kurbel, inmitten eines mit Magnetsteinen bestückten Ringes drehte. >>Magnetsteine?<< Erich war erstaunt. >>Ja, so funktioniert's. Sigmund hatte es mir einmal erklärt. Die Magnetsteine müssen Stelle für Stelle am Ring einen unterschiedlichen Pol haben. Die Kraft der Steine wird dann in den Goldspulen zu Blitzenergie umgewandelt, welche sich dann im Draht konzentriert und diesen erhitzt, wie ihr eben gesehen habt.<< >>Die Beschaffenheit von Gottes Welt ist voller Wunder.<< Erich schloss Mund und Augen nicht. Nur Ulrich konnte selbst dieses Wunder nicht

14

so recht von seinen düsteren Rachegedanken gegen den Mörder seines Cousins abbringen. >>Ulrich<< sagte Erich dessen Blick noch immer wie gebannt auf dieses "Blitzwerk", wie er es nannte, gerichtet war. >>Wie verfügen nun über Blitz und bald auch über Donner.<< >>Du meinst Blasius verfügt darüber!<< entfleuchte es dem Zornigen. Doch eben das erheiterte, ja, erleichterte Erich ungemein. >>Vorerst nicht mein Werter. sagte er und blickte Ulrich dabei tief in die Augen. >>Vorerst nicht.<< Ulrich verstand. Er verstand auch dass Erich ihn verstand, ging aber wortlos davon. Hartmut dachte nun endlich seinen Obolus verrichtet zu haben >>Darf ich nun meines Weges gehen?<< fragte er hoffnungsvoll. Es schmerzte ihn, ihm sagen zu müssen dass er ihn noch brauchte. >>Aber in einigen wenigen Tagen sind wir fertig.<< versicherte er ihm. Hartmut stieß einen langen, schweren Seufzer aus, war dann aber wieder fidel, denn er hatte einen guten Einfall.>>Dann trink jetzt wenigstens deinen Met mit mir.<< Und so feierte man den Beginn einer Rache und einer von so vielen langersehnten, bitternötigen Entthronung.

4.

Als Erich, der selbst nach dem nur gemäßigten Met-Genuss doch sehr beschwipst war, wieder in seine Stube ging, hatte er Lust zu schreiben. Er nahm Papier und Griffel und schrieb folgende Geschichte:

Es war einmal ein König dessen Vater schon ein grausamer Herrscher war und der deswegen vom ganzen Volke gehasst wurde. Eines Tages als der König schon lange regiert hatte und einen Sohn, der ihm nachfolgen sollte, gezeugt hatte, erfuhr er dass es einen Aufstand geben sollte. >>Mein Gebieter<< sagte sein Diener >>Das Volk hat sich zahlreich gegen euch verschworen. Man plant euch und

15

euren Sohn zu töten. Doch ich und die Krieger, die ihr habt, sind euch treu und werden euch bis zum letzten Mann beschützen.<< Der König sagte hierauf: >>Das Volk hat hart für meine hehren Ziele schuften müssen. Doch ich habe nicht ungerecht und maßlos wie mein Vater, sondern mit Mäßigung und Vernunft regiert. Sie reden immer noch von den Greueln meines Vaters und nun, wo eine goldene Zeit heranbrechen soll und mein Sohn mir nachfolgen soll, der ihnen sicherlich noch gnädiger sein will als ich, planen sie ihn und mich zu töten. Dabei gibt es nur zu viel Schnaps in den Wirtsstuben und zu viele unter ihnen, welche Zwietracht sähen. Sie geben nicht länger der Lüge sondern der Welt die Schuld.<< Der Schalk des Königs, der ein Narr war, fing an zu lachen, er lachte so heftig, dass ihm der Bauch schmerzte und er zu Boden sank. Der König wunderte sich und fragte ihn: >>Wieso lachst du so närrisch?<< Der Narr versuchte sein Lachen zu zügeln und sprach: >>Oh, mein König. Schon von Kindesbeinen an richtete sich jeder nach euch. 7000 Mann unterstehen eurem Befehl und tuen seit jeher das, was ihr ihnen auftragt ohne Fragen zu stellen. Wohlwahr, dass sie euch bis zum Tode beschützen wollen und für euch töten und sterben werden. Doch sind sie nicht besser als der Pöbel oder euer Diener hier. Sie sind durch Furcht und nicht durch Achtung vor euch gebannt. Ihr fragt, warum ich so lachen muss? Sie werden alles tuen, was ihr ihnen auftragt. Alles!<< Und der Schalk lachte weiter, laut wie ein Verrückter. Der König aber wurde traurig und verstand immer noch nicht, was sein Schalk so lustig daran fand. >>Und wieso lachst du dann?<< fragte er den Narren erzürnt der ihm sogleich, versuchend sein Lachen in Zaum zu halten, den Witz dahinter erzählte.>>Mein König, oh mein König! Lasset zuerst jeden, der sich nicht überzeugen lassen will, euch zu fürchten und aus euren Landen vor euch zu flüchten, töten, und dann überzeugt euch, ob sie der Welt oder der Lüge folgen. Dann sagt den Männern eures Heeres, sie sollen vom Jüngsten bis zum Ältesten unter ihnen, untereinander sich gegenseitig das Leben nehmen, und dann überzeugt euch ob sie der Welt oder der Lüge dienen. Und dann sagt eurer Garde, sie sollen auch mich und alle anderen eurer Diener, und am Schluss sich selbst ermorden, und dann seht, ob sie der Lüge oder der Welt folgen!<< Und der Narr lachte weiter wie ein Irrer. Doch der König wurde traurig, dass er schwerlich seine Tränen zurückhielt, wie es einem König natürlich geziemt. >>Du Narr! Solange mein Sohn noch lebt, werde ich dies nicht tun. Doch würde ich's tun, so müsste ich ausgerechnet dich am Leben lassen, weil Du der erste bist, dem ich in meinem Leben begegnete, der die Weltlüge durchschaut, und nicht der Lügenwelt gefolgt hat.<< Und dann schickte er ihn und alle anderen Diener fort. Doch eines Tages, nicht lange nach dem Witz des Narren, kam ein Diener entsetzensbleich zum König gerannt, warf sich ihn zu Füßen und sagte: >>Oh König, euer Sohn wurde heute tot im Brunnen gefunden, doch der Schalk konnte den Mörder ertappen, und ließ ihn durch eure treuen Diener in's dunkelste Verlies sperren. Dort mag er eingesperrt sein, bis dass ihm der Verstand davonfliegt. Doch bitte vergesst den Witz des Schalks!<< Da entbrannte der König in heller Wut und ließ verkünden dass alles Volk sofort die Lande des Königs zu verlassen hatte. Die welche auf ihre Furcht hörten taten das, die, die sich rächen wollten, nicht. Und am nächsten Morgen tat der König, was ihm der Narr vorschlug. Und die Soldaten töteten zuerst das Volk, dann sich selbst. Und die Garde die Diener und Berater und dann sich selbst. Nur der Narr und sein König blieben übrig. Als der Tag vorüber war, weinte der König und berauschte sich mit Mohn und tröstete sich mit rotem Rum. Da hörte er in den leeren Sälen und Gängen seiner Burg Gelächter. Er nahm sein Schwert und sagte sich: >>Bei

17

Gott und allem was noch heilig ist, wer auch immer es sei, der jetzt noch lacht, er soll es bereuen!<< Da fand er den Narren mit einem Krampfgrinsen im Gesicht und vor lauter Lachen tränenden Augen im Festsaale.>>Wieso lachst Du!<< >>Nicht ihr habt euch gerächt, O König, sondern ICH.<< Denn wie der König schon erriet, hatte er den Königssohn ermordet. Da schlug der König ihm den Kopf ab. Und dann sagte er sich: >>Ich bin Lüge, Trug und Schein gefolgt und habe nicht der Wahrheit, der Furcht und der Welt gefolgt.<< Nahm das Schwert und stach sich damit in den eigenen Bauch. Darum lern aus der Geschicht: Nur Dich und Deinen Narren richt'!

Was Blasius wohl davon gehalten haben würde, wenn er diese Geschichte gelesen hätte? Erich konnte es sich denken. Er versteckte das Schriftstück in der Truhe bei den anderen. Dann setzte er sich vor's Fenster und lächelte. Er war zufrieden. Er nahm sich vor, sich in seinem bevorstehenden Urlaub ganz der Kunst zu widmen. Und diesmal würde sie nicht in des Königs Bibliothek verstauben. >>Vermutlich wird dieser selbstverliebte Prahler ohnehin bald abtreten. Das Land hat wahrlich jemand besseren verdient.<< sprach er leise zur Wand und lachte mit sich. Zur Tür in die stille Stube hineingepoltert kam Ulrich, ganz ausser Atem vor Aufregung und blassem Antlitz. >>Bist du noch ganz bei Trost, Erich?<< fauchte er. >>Was ist los Ulrich, wieso so getrieben?<< >>Hartmut läuft in den königlichen Sälen herum! Was glaubst du, was uns blüht, wenn er entflieht?<< >>Ja, ich habe ihm ein Zimmer zuteilen lassen. Mach dir keinen Kopf, die Wachen werden schon auf ihn aufpassen.<< >>Die Wachen sind taub!<< >>Ja, aber nicht blind. Sie wissen sogar umso besser, wie man einen Augapfel hütet und sie haben mir versichert, dass sie ihn genausogut hüten, schriftlich sogar.<< >>Du wirst zum

König gehen und dafür einstehen. Und zwar jetzt gleich!<< bestand Ulrich. Erich erhob sich seufzend. >>Wenn es dich beruhigt Ulrich...<< Die beiden gingen hinab in die königliche Wohnung und baten darum, Blasius zu sprechen. Man gewährte es ihnen und als der Diener die Türe öffnete, kam ihnen Blasius feierlich entgegen, der ihr Kommen schon bemerkt hatte. >>Meine zwei schlausten Männer des Hofes, ja, ich bin versucht zu sagen, der ganzen Welt!<< rief er und hielt eine seltsame Uhr in der Hand. Ulrich stieß Erich sachte mit dem Ellbogen, welcher dann sprach: >>Mein Herr, dass Hartmut im Schloss frei herumläuft ist mir geschuldet. Ich dachte es wäre...<< >>Angebracht. Ja! Das ist es durchaus. Wenn es hier noch einen gibt der schlauer ist als ihr zwei oder sogar ich, dann ist es Hartmut. Ich denke, ich werde ihn in meine Dienste nehmen.<< Die zwei bemühten sich den Anschein zu erwecken sie würden Blasius' Freude teilen, doch es war sowohl Erich als auch Ulrich ein Dorn im Auge, denn ohne es noch ausgesprochen zu haben, hatten sie ihre eigenen Pläne mit Hartmut, seinem Genie und seinen Geräten. >>Was ist das für eine sonderbare Uhr, mein König?<< fragte Ulrich. >>Na, was wohl? Hartmuts Zitronenuhr!<< Ulrich schwieg verräterisch. >>Oh ja!<< sagte Erich schnell. >>Die Zitronen-Blitz-Uhr.<< >>In der Tat. Eine Zitrone ist stark genug, um dieses kleine Uhrwerk zu betreiben.<< Die zwei errieten es schon. Hartmut hatte den König mit der Zitronen-Uhr beschwichtigt, wo er doch in Wirklichkeit über das Wissen verfügte einen ganzen Glockenturm samt Uhr zu betreiben.>>Hartmut!<< rief Blasius. Hartmut kam aus einem Raum hervor, wo er sich gerade mit der Königsmagd unterhalten hatte. >>Die Herren, führen euch nun in euer Zimmer. Morgen wird ein langer Tag. Sagt mir einen Wunsch.<< >>Eine Flasche Met wäre alles, was ich erbitten würde. Die Bienen dienen ihren Staaten, aber diese wiederrum dienen dem König.<< >>Und mein Met ist euer

Met.<< sagte er, erfreut solch ein lustiges Uhrwerk zu haben. Ulrich und Erich hatten Blasius noch nie in so hohen Tönen von einem gewöhnlichen Mann sprechen hören. Man brachte Met und entließ die drei. Oben vor Hartmuts Zimmer wagte Ulrich zu fragen: >>Denkst du auch, was ich denke, Erich?<< >>Ich denke, ja<< >>Und ich denke, ich weiss, was ihr denkt.<< sagte Hartmut >>Reden wir morgen darüber.<< >>Wenn es dem König nur nicht zu Ohren kommt<< setzte Erich hinzu. >>Morgen...<< sagte Ulrich und die drei trennten sich.

5.

Hartmut saß in seiner prächtigen Stube und genoss seinen Met. Er fasste nach all dem elenden Leiden endlich wieder Mut und Zuversicht. Gewiss, so dachte er, würde er zu größerem Reichtum gelangen, als er es sich jeh ausgemalt hätte, und könnte seiner Familie ein besseres Leben ermöglichen, wie es schon seine Ahnen vor Jahrhunderten der Knechtschaft erhofft hatten. Er hatte dann schon die Kerze gelöscht und lag in seinem Bette, als er von draussen im Schlossgarten Stimmen hörte. >>Was plagt ihr mich noch zu so später Stunde, Johann?<< sagte die eine >> Verzeiht, Blasius, aber es ist wichtig.<< antwortete die andere. >>Wohlan. Nun sprecht denn ich bin schon sehr müde.<< >>Wir konnten weitere Bekanntschaften Sigmunds ausmachen, die vom Blitzgeheimnis wissen.<< >>Das sind Nachrichten, die mir den Schlaf verderben werden, das verzeihe ich nicht.<< >>Ein Kleriker, wie ich es einer bin, hat die Verzeihung eines Königs nicht nötig. Das solltet ihr euch merken.<< >>Und einen König, der etwas gegen einen solchen Kleriker in der Hand hat, schüchtert das kein Bisschen ein.<< >>Umso schlimmer für euch, dass ihr euch mit mir eingelassen habt, Blasius. Aber nun gut, sei's wie's sei. Wir müssen diese Leute umgehend ausfindig machen, sonst gibt es eine Kettenreaktion. Das Volk darf nicht über solches Wissen verfügen.<< >>Ich kann unmöglich alle zu meiner Angelegenheit machen. Das wäre viel zu auffällig.<< >>Darum werden wir sie auch rasch töten lassen und das ist der Grund, weshalb ich euch noch zu so später Stunde behellige.<< >>Wieso sollte ich mich darum kümmern?<< >>Zu viele Scheiterhäufen und aufwendige Anschuldigungskonstruktionen kosten zu viel Zeit. Diese Leute sind gut organisiert und im Volke sehr beliebt. Wir müssen diese Bewegung im Keim ersticken.<< >>Wie viele sind es?<< >>Ihr müsst euch vorerst nur um Drei kümmern welche ich lebend brauche. Für die restlichen paar Dutzend habe ich andere Optionen.<< >>Wenn es nur so wenige sind, werfe ich sie einfach in meinen Kerker. Dieser Hartmut ist mir nicht ganz so vertrauenswürdig. Ich könnte schwören er verheimlicht mir noch so einiges.<< >>Das ist nicht mein Problem. Mein Orden wird das Blitzgeheimnis noch früh genug lüften. Seid froh dass ich euch an dieser Sache überhaupt teilhaben lasse. Also, sie sollen umgehend zu mir gebracht werden, und sie sollen noch lebendig und verhörtauglich sein. Sagt das euren Männern.<< >>Aber...<< >>Blasius...<< sagte der Kleriker sich seiner Überlegenheit bewusst. >>Eine Hand wäscht die andere.<< >>Also dann.<< sagte Blasius kleinbeigebend. >>Wo sind sie?<< >>Der eine heisst Bernd, blonde Haare, blaue Augen, um die 20 Jahre und etwa im gleichen Alter wie der andere, Mathäus, schwarze Haare, braungrüne Augen. Sie verstecken sich mit der lange gesuchten Hexe Grimhild, rotes Haar grüne Augen 17 Jahre in den nahen Bergen, so sagen es zumindest unsere Kundschafter, denen sie entwischt sind.<< Hartmut traf der Schlag und mit einem Male war er wieder sehr besorgt. Grimhild war seine Schwester, die sie eine Hexe nannten und schon lange verbrennen wollten. Und nun war sie in Gefahr. Und die

21

zwei Männer, Mathäus und Bernd waren seine besten Freunde. >>Alles klar.<< sagte Blasius >>Ich werde gleich, wenn der Hahn kräht, 50 Mann losschicken sie zu suchen.<< >>Exzellent<< sagte Johann >>Solltet ihr sie nicht finden können informiert auch die umliegenden Könige. Doch sagt ihnen ausdrücklich, dass sie nur mir auszuhändigen sind. Ich werde innerhalb von 10 Tagen zu den benachbarten Königshäusern geritten sein, um mich zu vergewissern. Und enttäuscht mich nicht!<< >>Natürlich nicht. Nun muss ich aber schleunigst zu Bette. Gehabt euch wohl.<< Und dann war es still. Hartmut nahm all seinen Verstand zusammen, um einen Weg nach draussen zu seiner Schwester und seinen Freunden zu finden. Vor der Tür die Wachen und vermutlich noch etliche im Schlossgelände. Die Fenster waren vergittert. Was sollte er tun? In all der Eile fiel ihm nur eines ein. Er musste die Wächter irgendwie von der Tür weglocken, doch die waren so taub wie Steine. Im Kamin war noch Feuer. Er nahm die brennenden Scheite mit der Ofenzange heraus und warf sie auf sein Bett. Dann ging er zum Fenster, holte tief Luft und wartete hinter der Tür. Nach einigen Augenblicken, als er beinahe schon erstickt wäre, kamen die beiden Wächter die mit ihren feinen Nasen den Geruch vernommen hatten, hereingestürmt. Während sie das brennende Bett untersuchten huschte Hartmut zur Tür hinaus, rannte die Gänge entlang bis er zur großen Pforte kam, als er diese aber aufriss, drehte sich der Nachtwächter um, erblickte Hartmut und schlug Alarm. Hartmut konnte gegen den schwer gerüsteten Wächter nicht mehr tun als ihn umzuschubsen, dieser konnte mit Schwert, Helm und Kettenhemd nur schwerlich wieder aufstehen, was Hartmut einige Sekunden verschaffte. Er rannte und rannte, schnell wie der Teufel. Hinter sich hörte er die Alarmglocke und Hunde bellen. Vor ihm lag nun das

Schlosstor durch das gerade der schon etwas betagte Kleriker Johann schritt. Als dieser Hartmut bemerkte, schrie er so laut wie es ein alter Mann nur kann >>Haltet ihn! Haltet ihn!<< Doch Hartmut war schneller als die Hunde und verschwand in der Nacht. Hinterdrein kam Blasius zum höchst verärgerten Johann ans Schlosstor. >>Oh König.<< sagte der Kleriker >>Das wird ein Tanz auf Messers Schneide für euch.<< Blasius schluckte >>Seid unbesorgt, Vater. Ich werde alles tun, was ich kann, diesen Lump und Ketzer zu schnappen.<< Versicherte er. >>Das hoffe ich<< sagte Johann ernst >>Das hoffe ich für euch<< Und ging zu seinem Geleit das vor dem Tor auf ihn wartete. Blasius kochte vor Wut und wie immer gab er die Schuld jemand anderem. >>Ulrich und Erich!<< fluchte er. >>Aber vor allem Du Erich! An diesen Tag sollst du dich noch erinnern.<< flüsterte er fauchend als vermochteten sie's zu hören.

6.

Hartmut rannte den Bergpfad hinunter, der an manchen Stellen sehr steil war, so dass er sehr auf seine Schritte Acht geben musste. Schliesslich kam er an den Rand des Waldes im Tal und er hörte nichts mehr von seinen Verfolgern. Die Zeit im Kerker hatte ihn schlaff gemacht und er brauchte eine Weile bis er verschnauft hatte. Er ging in den dichten, dunklen Wald hinein auf dessen anderer Seite der Fuß jenes Berges lag auf dem er seine Freunde vermutete. Nur die Sterne erleuchteten schwach den Weg durch den Wald. Doch man vermag kaum sich vorzustellen, wie gut die Augen eines Menschen sich an die Dunkelheit gewöhnen können. Ehe er ans Ende kam, hörte er schon die erwachenden Singvögel und er konnte auch schon wieder ganz deutlich sehen. Schliesslich stand er vor dem Berg. Hartmut glaubte, dass es dieser sein musste, denn er war nicht zu auffällig und nicht zu unauffällig für einen Verfolger und Hartmut kannte so wie Grimhild, Mathäus und Bernd auch die vielen Verstecke, die es dort gab. Vermutlich hielten sie sich bei Oswald, dem Kuhhirten versteckt. Er begann mit dem Aufstieg. Zuerst war der Weg sehr steil, doch dann wendete er sich in einem Schlangenpfad den Rest des teils bewaldeten Berges hinauf. Er ging beharrlich den Berg hinauf, als er die Kuhweide nahe des Gipfels erreichte, war es sieben. Er setzte sich nahe der Herde auf einen Fels und erholte sich. Fast war er eingenickt, als er eine freundliche, vertraute Stimme rufen hörte. >>Hartmut! Was in der Welt machst du denn hier?<< Es war der Kuhhirt Oswald. >>Oswald!<< rief er völlig gespannt auf die ersehnte Gewissheit, wo seine Freunde und sein Schwesterlein waren. >>Sag mir Oswald, weisst du, wo Grimhild ist?<< >>Und ob ich das weiss. Sie ist mit Mathäus und Bernd in meiner Scheune. Sie sagten sie werden schon seit Tagen verfolgt und brauchten einen Unterschlupf. Ich stellte keine weiteren Fragen. In soetwas misch' ich mich lieber nicht ein. Doch dass ich euch Fratzen helfe, versteht sich doch von selbst.<< Hartmut rannte dem alten Mann entgegen und umarmte ihn zum Dank.>>Oh, Oswald! Sollte ich jeh einmal reich sein werde ich es dir angemessen vergelten.<< >>Ha, ha. Dann wünsch ich dir mal Glück. Aber komm doch mit mir. Du siehst ja schrecklich erschöpft aus.<< Sie gingen die Wiese hinab zu Oswalds Hütte >>Grete! Grete!<< brüllte Oswald, sodass es grimmig klang, doch seine Frau Grete wusste, dass er nur deswegen so brüllte, weil er so schlecht hörte, dass er schon gar nicht mehr merkte, wie laut er war. Grete kam aus der Küche und öffnete die Tür >>Hartmut!<< sagte sie freudig >>Dass ich dich nochmal sehen darf. Dem Herrgott sei's gedankt!<< >>Es sind wirklich harte Zeiten.<< merkte Oswald an. >>Aber wir halten zusammen.<< >>So ist's<<

sagte Grete >>Kommt herein. Es gibt Eierspeis. Deine Freunde schlafen noch, du solltest erstmal etwas anständiges essen, Hartmut.<< >>Danke. Aber nur einen Bissen. Ich werde sie wecken müssen. Die Zeit drängt.<< Hartmut setzte sich mit Oswald an den Tisch, während Grete ihnen auftischte. Sie war eine hervorragende Köchin. >>Nun sag doch mal.<< sprach sie >>Was zum Henker ist eigentlich bei euch jungen Leuten los?<< >>Grete<< brummte Oswald >>Neugier kann in diesen Tagen sehr unvernünftig sein. Sei etwas diskreter.<< >>Mannsbild! Diese Kinder sind in Gefahr und mich sollt's nicht kümmern? Noch dazu wo sie uns doch von kleinauf kennen. Wir müssen ihnen doch helfen, Oswald!<< >>Was sollen wir denn tun?<< fragte Oswald und ließ dabei anmerken dass es ihn genauso kümmerte >>Das weiss ich auch nicht, solange wir nicht wissen, wer ihnen an den Leibe will.<< >>Ist doch nicht schwer zu erraten<< sagte Oswald. >>Der König oder die Kirche.<< >>Schlimmer noch...<< sagte Hartmut. >>Beide.<< >>Dann schau, dass du ihre Gunst gewinnst.<< schlug Grete besorgt vor >>Entschuldigt euch für euren Mundraub, den Lästerworten oder was auch immer ihr Narren angestellt habt. Wir werden alle wohl viel Geld zusammenschmeissen müssen, um sie zu besänftigen.<< >>Das wird nicht viel bringen.<< versetzte Hartmut >>Sie wollen uns an den Kragen, macht euch keine Sorgen. Wir sind erwachsen. Wir werden diese Lande verlassen müssen.<< Grete wurde sehr traurig, Oswald tröstete sie und redete ihr gut zu. >>Mach dich nicht verrückt mein Schatz. Ich werde ihnen zwei Packesel und Proviant mitgeben. Sie werden so schnell wohl nicht ans Ende der Welt kommen.<< Sie sprachen dann nichts mehr und hatten ihr Essen kaum aufgegessen, als sie durch das offene Fenster jemanden von Weitem sehr laut rufen hörten. >>Ist es hier?<< fragte die Stimme >>Ja, gleich dort drüben. Bald sehen wir die Hütte.<< antwortete eine weitere Stimme. >>Wir haben zu lange gezögert!<< sagte Hartmut und rannte zur Scheune. Die Alten waren erschrocken und auch Oswald wusste, was zu tun war. Er gab seiner Frau einen Kuss auf die Wange und machte sich in Windeseile auf die Esel und das Proviant vorzubereiten. Hartmut stieß die Scheune auf. >>Steht auf, schnell! Wenn euch euer Leben lieb ist!<< rief er bedächtig >>Was ist los?<< fragte Grimhild, die mit einem Male aufrecht im Stroh saß. Auch Bernd und Mathäus fuhren erschrocken hoch. >>Los, kommt!<< sagte Hartmut nur, sie folgten ihm. Oswald kam schon mit den bepackten Eseln zur Scheune hereingestürmt. >>Da, das dürfte für 20 Tage reichen wenn ihr sparsam seid.<< >>Dank dir Oswald. Ich mach dich dafür einmal reich.<< Oswald hatte keinen Schimmer, was er damit immer meinte. Aber das war jetzt auch nicht wichtig. Endlich brachen sie auf und rannten so schnell es ging Richtung Dickicht. Kaum waren sie aus Oswalds Blickfeld verschwunden, sah dieser von der anderen Seite schon die Männer des Königs kommen. Oswald stand wie angewurzelt da. Die Kundschafter kamen näher. Sie waren fein gekleidet mit der königlichen Uniform auf der das königliche Wappen zu erkennen war: Ein Geier mit zwei goldenen Schlangen in den Klauen auf rotem Hintergrund. Einer ging in die Hütte, der andere kam auf Oswald zu. >>Du! He Du!<< rief er ihm im Zukommen zu >>Was wünscht ihr, werter Herr? Wie kann ich helfen?<< >>Hast Du diese drei Jugendlichen gesehen?<< fragte der Kundschafter und hielt ihm eine Zeichnung der Gesuchten entgegen. >>Nein. Nein, die hab ich noch nie gesehen.<< >>Bist du dir sicher?<< fragte er herausfordernd >>Sie sind ihr ganzes Leben schon in dieser Gegend, und du denkst allen Ernstes, ich glaube dir?<< Oswald wollte sich seine Anspannung nicht anmerken lassen und gab sogleich zur Antwort. >>Die Künste des Zeichners dieses Bildes in allen

Ehren, doch ich kann auf dieser Zeichnung kein mir bekanntes Gesicht erkennen.<< Der Gesandte lächelte boshaft. >>Sie heissen Grimhild, Bernd und Mathäus, und wer helfen kann sie zu kriegen, kann sich eine goldene Nase verdienen.<< >>So ein Jammer.<< sagte Oswald >>Doch ich kenne sie nicht. Ich habe nur mit meiner Frau und Leuten, die meine Milch kaufen zu tun.<< Der Kundschafter blickte Oswald skeptisch und bohrend in die Augen. Doch dieser sah ruhig und gewöhnlich drein. >>Na gut. Wir warten noch kurz auf meinen Kollegen. Er spricht noch immer mit *deiner Frau*, nehme ich an?<< >>Ja,ja<< erwiderte Oswald entwaffnend. >>Die redet viel wenn der Tag lang ist.<< Doch als sie den anderen herkommen sahen, klopfte Oswalds Herz so laut, dass er fürchtete sie könnten es hören. >>Und?<< fragte der eine Gesandte den anderen >>Nichts.<< sagte dieser schliesslich >>Sie hat sie nie gesehen, sagte sie.<< das genügte ihm für's erste >>Wohl an, dann nichts wie weiter.<< sagte er >>Sie können nicht allzuweit von hier sein. Gehab dich wohl, Bauer. Heil dem König!<< >>Heil dem König, gehabt euch wohl.<< sagte Oswald endlich. Und die beiden gingen von dannen, in die Richtung die auch die Verfolgten eingeschlagen hatten. Oswald betete dass seine Lieben schnell unterwegs waren, doch er glaubte das waren sie auch.

7.

Inzwischen in Blasius' Garten warteten Ulrich und Erich. Die Magd hatte ihnen mit bedauerlicher Miene Blasius' Anweisung ausgerichtet, sie hätten im Schlossgarten zu warten bis Blasius kommt. Für Frühstück war keine Zeit für sie, doch für Blasius anscheinend schon. >>Er ist ein hochmütiger Tyrann.<< sagte Erich erstmals in aller Offenheit, als er und Ulrich da standen. >>Schon seit einer Stunde stehen wir hier und warten auf diesen... diesen...<<

>>Mörder.<< ergänzte Ulrich >>Ja das ist er.<< sagte Erich >>Und er hat nicht nur deinen Cousin auf dem Gewissen<< Das Schweigen war gebrochen. Grund für eine andächtige stille Minute. Dann sprach Ulrich langsam weiter >>Nun. Wir sind uns also einig. Er muss bezahlen. Auch wenn du keinen Angehörigen zu rächen hast.<< >>Ulrich, ich bitte dich. Mein Leben lang habe ich in dieser Stube zugebracht um diesem undankbaren Bengel die Perlen vorzuwerfen. Es ist höchste Zeit für mich und für das ganze Reich. Also kann ich dir hier und jetzt schwören: Was immer du gedenkst um ihn vom Thron zu stoßen - Ich bin dabei.<< >>Mit Hartmuts Mut und Weisheit hätten wir's leichter. Was ist in ihn gefahren sich diese Gelegenheit entgehen zu lassen und uns im Stich zu lassen, wo er doch ahnen konnte dass...<< >>Pscht! Da kommt Blasius...<< Der König kam finster dreinschauend auf sie zu. Dann näherte er sich Erich bis er mit zwei Handbreiten zwischen seinem und Erich's Gesicht, diesem tief in die Augen sah. >>Hast Du eigentlich die geringste Spur eines blassen Schimmers in welche Schwierigkeiten du mich da gebracht hast? Antworte!<< Natürlich hatte er das nicht. Er ahnte nicht, dass sich Blasius mit einem Kleriker zusammengetan hatte, nicht nur gegen die Interessen des Volkes sondern auch gegen die Interessen der Kirche und das im Verborgenen vor ihr. >>Herr...<< hob Erich zu sprechen an und stockte. >>Herr... Es tut mir Leid. Ich hätte es mir nicht träumen lassen, dass er es zustandebrächte an all den Wächtern vorbei und dann noch irgendwie durch das Tor zu kommen.<< >>Euren Urlaub könnt ihr euch in die Haare schmieren.<< >>Aber mein Herr...<< >>Kein Aber! Und ihr solltet besser euren Nutzen glänzen lassen, sonst fällt mir schon noch ein, was ich mit euch tuen werde, Erich!<< >>Er konnte nichts dafür. Das Schloss wird streng bewacht und er hatte euer Einvernehmen, Hartmut frei herumlaufen zu lassen.<<

>>Wollt ihr damit etwa sagen, Ulrich, dass es meine Schuld sei?<< >>So wollte ich's nicht meinen, es ist nur so dass...<< >>Vorsicht, Ulrich. Ein Mann wie ihr von dessen Verwandtschaft man so mancherlei Frevelei weiss, bewegt sich auf sehr dünnem Eis!<< Ulrich blickte zu Boden, beleidigt dass der König seinen lebendig verbrannten Cousin verhöhnte. >>Ja, mein König.<< sagte er mechanisch >>Verzeiht.<< Blasius wandte sich wieder Erich zu >>Und ihr werdet mir das Blitzgeheimnis lüften, wenn es Hartmut nicht tut, und sollte es das letzte sein, das ihr in eurem Dasein zustande bringt. Ihr habt schliesslich alle Zeit der Welt, nicht wahr?<< Und dann entfernte er sich ohne ein weiteres höhnisches Wort. Als er sie nicht mehr hören konnte fragte Erich leise: >>Und wie gehen wir's an?<< Ulrich überlegte. Dann sagte er: >>Nun. Zuerst müssen wir ein Druckmittel gegen Blasius haben. Und wir brauchen einen vorläufigen Schutz in sicherem Abstand vor ihm.<< >>Kennst du etwa eines seiner schmutzigen Geheimnisse?<< >>Nein. Aber wenn wir jemanden finden, der dieses seltsame Rätsel um das Blitzgeheimnis lösen kann und Blasius uns dafür nicht verbrennen oder einsperren lassen kann, sind WIR diejenigen die Bedingungen stellen. Ein enger Vertrauter Sigmunds war sein bester Freund Viktor. Er ist seit vier Tagen am Pranger in Wehfurt, unten im Tal. Wenn noch einer vom Blitzgeheimnis weiss, dann er.<< >>Du willst ihn befreien? Das wird riskant. Ausserdem ist es mein Ende wenn ich von hier abhaue.<< >>Nein, es ist dein Anfang. Blasius unterschätzt mich und die Tatsache, dass auch ich Kontakte zu mächtigen Männern habe. In den Landen Theodors, die vier Tagesmärsche von hier entfernt sind, schätzt man mich und meine Familie. Der Enkel des Bruders meines Urgroßvaters ist dort der engste Berater König Theodors, der es wahrlich verdient König genannt zu werden. Mit ihm werden wir wieder Recht und Ordnung im Reich

herstellen.<< >>Und Viktor weiss soviel vom Blitzgeheimnis wie Sigmund?<< >>Zumindest mehr als wir oder vielleicht sogar Hartmut selbst. Die zwei waren wie Pech und Schwefel.<< >>Also verschwinden wir einfach von hier, befreien Viktor und marschieren dann? Blasius wird nach uns suchen.<< >>Meine Magd teilte mir heute Morgen im Tratsch mit, dass Blasius mehr als die Hälfte seiner Männer losgeschickt hat um nach Hartmut zu suchen. Es sollte also nicht allzu schwer werden. Ich habe so das Gefühl, dass sich einiges im Volke tut seit einiger Zeit. Das ist auch gut. Doch sollte es das Privileg eines gerechten Königs sein über die Erforschung dieses Blitzwerks zu verfügen. Denn glaub mir Erich, auch im Volk gibt es Opportunisten und raffgierige Betrüger.<< >>Ich denke, das ist Leuten wie Sigmund oder Hartmut bewusst. Aber du hast Recht die Sache muss schon Hand und Fuß haben.<< >>Pack deine Sachen. Wir verschwinden noch heute Nacht<< So trennten sie sich und hatten vereinbart sich um 10 Uhr Nachts im Schlosshof zu treffen. Der Wache würden sie sagen, dass sie einen Nachtspaziergang machen würden. Das durfte Erich in Ulrichs Begleitung. Erich ging in sein Zimmer hinauf und packte alles zusammen was er brauchte, nicht zu vergessen seine Schriften, die ihm so viel wert waren, so wie auch die welche für Blasius bestimmt gewesen wären. In seine Spruchsammlung fügte er folgenden hinzu: >>Einst wird der Herrscher ein Sprichwort sein, das schweigende Wort wird herrschen und jeder wird seinen Weg sein Eigen nennen können.<<

8.

Als Erich mit den nötigsten Sachen in seiner Tasche in den Schlosshof kam, erwartete ihn bereits Ulrich. Sie grüßten sich flüsternd und gingen zum Tor.>>So spät noch auf den Beinen?<< fragte der Torwächter >>Nur ein kleiner Nachtspaziergang.<< sagte Erich >>Der König hat letzte Nacht heftig geflucht über euch. Gefaucht wie ein Kater hat er.<< >>Das ist nicht eure Angelegenheit.<< sagte Ulrich >>Moment mal...<< sagte Erich, und konnte sich schon ausmalen, wie es dazu gekommen war, dass dieser Torwächter Blasius gestern fluchen hören konnte. >>Wieso war Blasius gestern Nacht hier am Tor?<< Der Wächter wurde verlegen. Wie unklug über die Angelegenheiten seiner Herren zu reden. Er wollte eben tratschen. >>Also... ich weiss nicht, ob ich das sagen darf.<< >>Sprecht!<< herrschte Ulrich ihn an. Der Wächter verzweifelte. Wie er sich auch entscheiden wollte, es schien ihm falsch. >>Die Herren dürften wohl schon gehört haben dass gestern Nacht ein Gefangener entkommen ist.<< >>Und wie konnte er entkommen?<< fragte Ulrich interessiert. >>Nun... das Tor war offen.<< stammelte der Wächter. >>Und wieso in aller Welt?<< bohrte Ulrich weiter. >>Der König hatte Besuch. Mehr sag ich nicht.<< >>Wer hatte ihn besucht?<< >>Bitte!<< flehte der Wächter >>Bitte lasst mich nicht gegen den König verstoßen!<< >>Ihr habt unser Wort<< versicherte Erich >>Es bleibt für euch belanglos. Sprecht ruhig.<< >>Na gut. Ein hoher Kleriker namens Johann oder so. Ich öffnete gerade das Tor als der Gefangene dadurch entkam. Bitte belassen wir das unter uns.<< Ulrich versicherte ihm nochmals, dass er nichts zu befürchten hatte. Sie verabschiedeten sich und gingen. >>Johann... der Name kommt mir bekannt vor.<< sagte Erich >>Vielleicht aus deiner Zeit im Kloster?<< fragte Ulrich. Da überkam

Erich plötzlich ein Schrecken, wie als ob die Nacht drei mal so tief wäre. Seine Brust bebte und er blieb kurz stehen. >>Sprechen wir nicht über ihn. Er ist ein Schatten auf meinem Leben.<< Ulrich stellte keine weiteren Fragen. Doch Erich stellte sich selbst so einige. Johann. Er hatte Erich schon als kleinen Knaben das Leben zur Hölle gemacht. Er war damals sein Klostermeister. Er hatte ihn in ein Kämmerlein gesperrt und geschlagen, oft Wochen lang. Damals war er erst fünf und er konnte es recht gut in sich begraben als Johann endlich auf ein anderes, höheres Amt erhoben wurde, bis jetzt. Eine Eule heulte. Sie gingen den Berg hinab und allmählich erholte sich Erich wieder von diesem Schatten der Vergangenheit. >>Angesichts der Hölle gibt es keinen Grund zu jammern.<< sagte er sich. Zumal es ein Ziel für ihn gab - Endlich. Sie gelangten schliesslich immer tiefer ins Tal. >>Wir sollten uns ein wenig beeilen.<< sagte Ulrich nach ihrem Abstieg der Eineinhalb Stunden gedauert hatte. >>Langsam wird der Wächter sich wundern warum wir so lange weg sind.<< meinte Ulrich >>Bis er es wagt Blasius zu behelligen, wird es helllichter Tag sein.<< sagte Erich >>Trotzdem. Bevor der Hahn kräht sollten wir bei Viktor sein. Es wird verhältnismässig leicht, ihn zu befreien. Er wird nicht bewacht, weil das bei dem boshaften Petzenpöbel von Wehfurt nicht unbedingt nötig ist. Natürlich sollten wir deswegen nicht minder vorsichtig sein. Drum Beeilung.<< Und sie gingen schneller, bis sie nach einer dreiviertel Stunde angekommen waren. Es war eher ein großes Dorf als eine kleine Stadt, doch es stank fürchterlich nach Abfall und Fekalien. Hier wollte man nicht mehr so schnell aufwachen, wenn man erst einmal Schlaf gefunden hatte. Nach einer Weile kamen sie auf den Hauptplatz, in dessen Mitte man ihn sehen konnte. Ein zu groß gewachsener Mann für einen so niedrigen Pranger, rothaarig an Bart und Kopf, und kräftig. Er schlief nicht, und als er Schritte vernahm, der Hals zu kraftlos den Kopf zu heben, fragte er: >>Wer seid ihr Fremde? Kommt man jetzt schon aus allen Winkeln der Gegend, um mich anzuspucken?<< >>Bei meiner Ehre, Viktor.<< sagte Ulrich freudig >>Wir werden dich befreien und dir Genugtuung verschaffen.<< >>Was verstehst du unter Genugtuung, Ulrich?<< Fragte der Gemarterte am Pranger. >>Der Wahrheit das Ihrige geben Freund.<< >>Wahrheit. Ha! Ja, Wahrheit!<< Und er musste lachen >>Wahrheit? Ja, jeder sollte ein Recht darauf haben die Wahrheit zu erfahren.<< Und er ließ ein verrücktes Lachen vernehmen in dem auch deutlich die Bitterkeit allzuvieler, hart erkämpfter Wahrheit zu hören war. Er fand es so lustig wie schon lange nicht mehr etwas. >>Ulrich.<< sagte er dann ernst. >>Alles wartet auf den Untergang. Darin haben die Menschen ihre Hoffnung. Das ist die Wahrheit. Und sie wollen beim Untergang ihre Genugtuung, die sie sich auch hart erkämpft und verdient haben, das ist die Wahrheit. Aber wer würde um für diese zur Rache verkommene Genugtuung der Wahrheit das Ihrige, nämlich alles was er hat, geben? Ich glaube, das tat ich. Und nun seht.<< Ulrich wurde traurig >>Genug gejammert!<< sagte er dann und sah sich den Pranger an >>Ihr bräuchtet ein Brecheisen, um ihn aufzubrechen.<< >>Papalapp<< sagte Ulrich zog sein Schwert und hieb es in das dicke Holz. Drei, Vier mal und man konnte es abbrechen. Viktor versuchte behutsam aufrecht zu stehen, konnte aber nur sehr buckelig stehen. Er sah Erich an >>Wer seid ihr, mein Herr?<< Das war wieder mal diese eine Frage, die Erich so ungern beantwortete, denn es gab Tausend mögliche Antworten darauf und keine davon wäre eine gewöhnliche. >>Ich bin euer Freund.<< sagte Erich >>Und ich werde euch und Ulrich auf einem langen Weg begleiten. Wir werden alle Zeit der Welt haben uns kennenzulernen.<< >>Nun, Freund, könnt ihr mir etwas deutlicher erklären, was hier los ist? Nicht dass ich euch beiden nicht unendlich dankbar bin, dass ihr mich losgemacht habt. Doch wenn Ihr, werter Freund, sich ebenfalls in solch eine Gefahr begebt und mich noch nicht einmal kennt, frage ich mich, wieso?<< >>Sigmund war euer bester Freund. Wisst ihr etwas über die Blitzkraft?<< >>Mehr als mir lieb ist. Und ich bin auch nicht der Einzige.<< >>Kennt ihr Hartmut?<< >>Lebt er noch?<< platzte es aus Viktor >>Ja.<< >>Gott sei Dank. Er ist unser härtestes Kettenglied. Wo ist er nun und wie hattet ihr mit ihm zu tun gehabt?<< >>Dafür haben wir jetzt keine Zeit.<< drängte Ulrich >>Wir müssen raus aus Wehfurt. Sonst hängen wir noch alle drei.<< >>Für wahr.<< sagte Viktor >>Raus aus diesem Kaff gaffender Spuckmünder.<< Und sie schlichen durch die stinkenden, stillen Gassen Richtung Freiheit. Es sollte noch einiges auf sie zukommen.

9.

Das Nachtlager, das sie aufgeschlagen hatten war gut versteckt. Als der Morgen graute, hatte Hartmut Tau im

Gesicht und das Feuer brannte auch nicht mehr. Die anderen schliefen noch, er war immer schon früh auf den Beinen gewesen. Er legte Holz auf die schwache Glut, die noch übrig war und brachte es zum brennen. Bernd gesellte sich zu ihm, streckte sich und wünschte einen guten Morgen. >>Meinst du sie sind uns noch auf der Spur?<< fragte Bernd noch verschlafen und doch nachdenklich >>Nein, ich denke nicht. Sie werden uns wohl wo anders vermuten. Ich weiss, wie Verfolger denken.<< >>Du hast schon als Kind immer die besten Verstecke gewusst.<< Hartmut lachte >>Ha! Ja, du warst dafür umso besser sie ausfindig zu machen.<< Das Feuer loderte wieder >>Wie wär's mit Frühstück?<< fragte Hartmut >>Wir sollten's besser nicht drauf ankommen lassen. Aber mach halt schnell ein paar Bratkartoffel, für unterwegs natürlich. Ich weck schon mal die anderen.<< antwortete Bernd und ging zum Zelt, falls man es so nennen konnte. Eher ein Tuch aus zusammengenähten Ledern das zwischen zwei Bäume gespannt war. Bernd sah dort die zwei liegen. Zu nahe beieinander wie er fand. Er räusperte sich. Sie schienen nichts zu bemerken. >>Aufstehen!<< rief er dann schliesslich und sie rappelten sich auf >>Müssen wir schon weiter?<< fragte Grimhild mit zusammengekniffenen Lidern. >>Sollten wir, wenn wir nicht wie die Bratkartoffeln enden wollen.<< Und sie setzten sich alle ans warme Feuer. Der Himmel war mit Wolken bedeckt und es war noch kalt. >>Meint ihr es wird nochmal schneien?<< fragte Mathäus >>Der April macht, was er will.<< antwortete Bernd >>Doch lasst uns hoffen, dass kein Schnee mehr kommt bis wir weiter im Süden sind.<< >>Was ist eigentlich so da unten im fernen Süden?<< fragte Grimhild, die im Gegensatz zu Bernd noch nie Blasius' Lande verlassen hatte. >>Von dort kommen die Oliven her, und das Mittelmeer liegt auch dort. Soweit bin ich aber noch nie gekommen. Nur bis an Südgrenze Theodors Reichs. Dort müssen wir durch und dann noch weiter. In zwei Tagen erreichen wir seine Lande.<< >>Ich hörte schon von ihm.<< sagte Hartmut. >>Er soll ein weiser König sein, doch ist die Kirche mächtig dort und wir sollten nicht lange dort verweilen.<< Sie löschten das Feuer und setzten ihre Reise fort. Ein kalter Nieselregen kam aus der grauen Wolkendecke.

Unterdessen, oben auf Blasius' Schloss, zersplitterten Porzellanteller und des Königs Silberspiegel. Der König zeriss und zerschmetterte alles, was ihm lieb war. Wahrscheinlich weil er fürchtete, dass es bald jemand anderem gehören würde, wenn Johann ihn erstmal zum Verschwinden gebracht hätte. Jedoch machte es ihn nur noch wilder, jeh mehr er tobte. Und doch brachte er's ironischerweise nicht über's Herz Erichs Bücher zu zerfetzen, die in seinen Regalen waren. >>Diese Verräter!<< schrie er auf und ab stampfend vor seiner stummen, steifen Magd, die fürchtete, wie des Königs anderes Hab und Gut zu enden. >>Sie haben sich verschworen! Verschworen haben sie sich! Sie wollen das Blitzgeheimnis für sich alleine, um mich vom Throne zu stoßen!<< So erschrocken die Magd auch von der Darbietung des Königs war, konnte sie ihre Verwunderung doch nicht verbergen. >>Das Blitzgeheimnis?<< >>Haltet euer Pferdemaul verschlossen!<< schrie er >>Verzeiht mir, mein Meister<< Schliesslich sank er auf die Knie und vergrub das Gesicht in seinen Händen. Er weinte, wie ein Junge. >>Das ist mein Untergang. Erich... Ulrich... es fällt mir keine Strafe ein, die so etwas zu sühnen vermag.<< Dann schwieg er einige Minuten. Die Magd schwieg mit ihm und wagte nicht sich zu rühren. Dann sprach er zu ihr >>Sagt dem Kutscher er soll seine schnellsten Pferde einspannen. Ich muss sofort zu Johanns Anwesen. Vielleicht ist er und Gott mir gnädig, wenn ich mit offenen Karten spiele.<< Und etwas anderes blieb ihm jetzt auch nicht mehr übrig. Die Magd tat wie ihr befohlen und ging zum Kutscher. Eine Stunde später, zur Mittagszeit, stand die Kutsche bereit. Blasius eilte hinab in den Schlosshof, doch als er zur Kutsche vor dem Tor kam packte ihn eine verhängnisvolle Feststellung. >>Du da!<< sagte er zum Torwächter >>Meister?<< gab der Wächter kleinlaut zurück. Er hatte eine schlimme Vorahnung. >>Hast du nicht etwa Ulrich und Erich hier durchgelassen?<< >>Mein König, ihr habt mir geboten dass es Erich in Ulrich's Begleitung jederzeit gestattet ist spazieren zu gehen.<< >>Du Tölpel hättest dir doch was denken können, wenn sie länger als eine Stunde weg waren! Wieso hast du mich nicht informiert?<< >>Oh König, ich wollte euren Schlaf nicht stören.<< >>Bringt ihn in den Kerker! Solange ich regiere soll er ihn nicht mehr verlassen.<< >>Oh mein König, habt Gnade!<< >>Der Gnadenstoß soll dir gegeben werden, wenn ich abtrete.<< Und sie führten ihn weg, bis man sein Flehen und Klagen nicht mehr hören konnte. Blasius bestieg die Kutsche. >>Peitsch die Pferde ordentlich durch, die Zeit drängt!<< Und er fuhr davon.

Ulrich, Erich und Viktor waren die ganze Nacht und den ganzen Vormittag unterwegs gewesen als Viktor schliesslich sagte: >>Meine Lieben, ich bin ziemlich müde, wie ihr wisst. Vier Tage müssen es gewesen sein, die ich nichts gegessen habe und dort am Pranger schläft es sich nicht gerade gut.<< >>Auch wenn es nicht ganz ungefährlich ist...<< sprach Ulrich >>Aber wenn du es noch vier Stunden in diesem Tempo durchhältst, erreichen wir eine Wirtsstube. Zimmer zum Schlafen gibts dort auch, aber nur für ein paar Stunden. Wir müssen an unser Ziel so schnell es nur geht.<< >>Und wo liegt unser Ziel?<< Ulrich seufzte, er wollte es eigentlich erst dann erwähnen, wenn Viktor gerastet hätte. >>König Theodors Schloss<< Mit einem Male schien Viktor auf einmal hellwach >>Was? Was soll ich denn im Schloss eines Königs?<< Ulrich überlegte, wie er es ihm beibringen sollte >>Nun, wir wollten dich noch bitten, ihm und seinem Hofstab das Blitzgeheimnis zu offenbaren. Es ist nicht so wie du...<< >>Kommt nicht in Frage, Ulrich! Das ist eine Sache des Volkes und soll nicht diesen dekadenten Stiefelleckern des Klerus in die Hände fallen!<< >>Wenn du König Theodor kennen lernen würdest, würdest du feststellen dass er ein vernünftiger, weiser und doch im besten Sinne eigensinniger König ist. Er hätte vermutlich sogar eine Beleidigung, wie du sie eben aussprachst überhört, wenn du ihm dieses Blitzmysterium erklärtest.<< >>Das würde ihm so passen!<< brüllte Viktor >>Weisst du überhaupt wer ich und meine Männer sind?<< >>Das kann ich mir in etwa denken, doch sie werden Unterstützung brauchen, wenn's erstmal blitzt und donnert im kommenden Kriege. Ich und Erich hier sind auch nicht dumm. Wir waren bis vor kurzem König Blasius' Untergebene und sind unter großem Risiko von seinem Hofe entflohen, haben unser Leben aufs Spiel gesetzt für diese Sache. Blasius hatte Hartmut gefangen genommen und einen Mann mit härterem Mut habe ich wahrlich noch nie gesehen. Zu unser aller Ungunsten ist er dann des Nachts geflohen, ein Meisterstreich. Doch Leuten wie Blasius entgeht auf lange Dauer nichts, was sich im Volke tut. Deswegen werden wir uns mit Theodor verbünden müssen. Wir und deine Männer haben seinen Segen. Dafür Bürge ich, sowahr meine linke Hand nicht vom Arm abgetrennt ist und schwöre bei Sigmund, ruhe er in Frieden.<< Viktor sah ernst und misstrauisch drein. Dann gab er sich aber doch noch einen Ruck. >>Na gut. Doch ich nehme dich beim Wort.<<

10.

König Theodor saß mit seinem Schatzmeister bei einer Flasche Wein auf der Terasse und plauderte mit ihm über Geschäftliches. >>Der Wein dieses Jahres wird der beste seit vielen Jahrzehnten, hab ich mir erzählen lassen.<< sagte der Schatzmeister >>Wer sagt das?<< fragte der König. >>Unsere Vinzer natürlich. Wenn wir sie für diesen Jahrgang etwas mehr Abgaben bezahlen lassen, bringt euch das ein Vermögen ein, werter König.<< >>Nein, nein, nein. Das wäre zu kurz gedacht. Der Wein gehört zu unseren wichtigsten Handelsgütern. Wenn die Vinzer ihr Geld bekommen, können sie in nicht allzuferner Zukunft noch bessere Weine hervorbringen. Und das soll was heissen. Ist doch schon dieser Tropfen hier trügerisch bekömmlich und gut im Geschmack. Und allmälich glaube ich, habe ich auch schon einen ziemlichen Schwips davon.<< >>Ja, ja<< schwärmte der Schatzmeister >>Unsere Weine sind nach wie vor unübertroffen.<< >>Und das Kupfer für unsere Schmieden und unsere östlichen Handelspartner? Habt ihr endlich einen guten Verkäufer gefunden?<< >>Nein, leider, mein König. Die Preise steigen wie als wär's verhext im ganzen Reich. Ein Händler sagte mir, man munkelt, dass die Kirche das ganze Kupfer aufkauft.<< Theodor rätselte >>Die Kirche? Die wollen doch sonst nur Diamanten, Gold und anderen nutzlosen Prunk.<< >>Tja, mein Herr. Nur Gott weiss, was sie damit anfangen wollen.<< >>Ach, papalapap. Dem verraten sie das doch nicht.<< >>Jetzt steigt euch der Wein aber ganz schön zu Kopfe, mein Herr.<< sagte der Schatzmeister als hätte der König nur gescherzt, denn in der Terassentür stand Friedrich, Ulrichs Verwandter. >>Meister, ein Bote König Blasius' möchte euch sprechen.<< >>Sagt ihm er kann vortreten. Und dass er auch wohl Durst mitbringt, wenn er schon die Frechheit hat mich an so einem angenehmen Abend an Blasius zu erinnern.<< wenig später kam der Bote mit seinem Helm in den Händen heraus, verbeugte sich und fing an zu sprechen. >>Geehrter König. Ich muss euch von meinem Meister ausrichten, um ehrlich zu sein bin ich sogar beauftragt euch zu warnen dass...<< >>So, so! Ihr seid um ehrlich zu sein beauftragt... Nun dann sprecht frei heraus.<< >>Geschätzter König<< sprach der verunsicherte Bote >>Diese drei Personen werden vom Inquisitor gesucht.<< sagte er und überreichte Theodor eine Zeichnung.>>Sie sind des Teufels und man kann ihnen daher nicht trauen. Sollten sie in eurem Gebiet gesichtet werden sind sie festzunehmen und umgehend dem Kleriker Johann zu übergeben. Dieser wird sich in etwa einer Woche bei euch erkundigen. Bernd, Mathäus und Grimhild heissen sie. Ich bin beauftragt euch zu warnen: Traut ihnen nicht!<< Theodor wunderte sich >>Das erscheint mir sonderbar.<< sagte er. >>Wieso schickt Blasius einen Boten, mir das zu sagen und nicht der Kleriker Johann?<< Der Bote wurde ganz verlegen. >>Das zu wissen liegt jenseits meines bescheidenen Postens. Ich bitte vielmals um Entschuldigung.<< Unbehagliches Schweigen, Theodors finsterer, prüfender Blick waren dem armen Boten nahezu furchteinflössend. Doch dann lachte der König >>Haha! Ihr seid mir ja einer. Friedrich, gebt ihm eine Flasche Wein, Essen und ein warmes Bett. Es ist schon spät. Er muss sich ausruhen und sich auf seine Rückreise vorbereiten.<< >>Jawohl, mein Herr.<< Dem Boten fiel ein Stein vom Herzen und er folgte Friedrich hinein ins Gebäude. >>Der Ärmste<< sagte Theodor gerührt und blickte ihm nach >>Kein leichtes Los für so einen Tyrannen zu arbeiten. Und irgendetwas ist mir an der ganzen Sache nicht ganz geheuer.<< sagte er und betrachtete die Zeichnung. Drei Gesichter deren Namen beigefügt waren. >>Junge Leute sind das... Dass man deswegen so ein Theater macht? Pah!<< Der Schatzmeister fragte sich, was sich jeder gute, wagemutige Schatzmeister angesichts dieser Begebenheit fragen würde und sprach dann: >>Oh König. Mich dünkt dass sich hier eine große Gelegenheit anbahnt.<< >>Wieso?<< >>Mein König. Blasius und Johann wissen ganz offensichtlich beide von dieser Angelegenheit, und so wie ich den raffgierigen, hochmütigen Blasius kenne, hat er ganz sicher eigene Interessen in dieser Angelegenheit. Wenn man uns glauben machen will diesen Leuten könne man nicht trauen sind sie sicherlich von Bedeutung und somit von Wert.<< >>Du meinst wohl Gold wert?<< >>Nun, mein König, ich bin schliesslich der Schatzmeister.<< >>Ein Gauner seid ihr mir, diese armen Gejagten zum Vorteil nutzen zu wollen!<< >>Lasst mich doch meine Überlegungen weiter ausführen.<< >>Sprecht weiter.<< sagte der König, nur zur Hälfte interessiert. >>Wir sollten abwarten, falls wir sie gefangen nehmen, und uns erst mit Blasius in Verbindung setzen, bevor wir sie einfach gleich Johann aushändigen.<< >>Sie an Blasius verkaufen?<< fragte Theodor empört >>Das ist für uns jetzt nur schemenhaft absehbar...<< erklärte der Schatzmeister >>Doch was spielt's für eine Rolle? Bei einem König, und sei es ein schlechter, sind sie sicher besser aufgehoben als beim Inquisitor. Es wäre vielleicht sogar eine Wohltat.<< >>Das ist durchaus ein Argument. Doch hiesse das mich mit dem Klerus anzulegen.<< Theodor überlegte eine Weile und wägte ab, was die Prioritäten eines guten Königs sein sollten. Dann sprach er: >>Nun daran soll's nicht scheitern. Wo soll das denn noch enden, wenn ein König nicht mal mehr Herrscher über sein eigenes Land ist.<< Der Schatzmeister überlegte >>Hmm...da stellt sich mir eine weitere Frage.<< >>Welche?<< fragte Theodor >>Wieso sollten wir auf Johann warten, der einen ganzen Tagesritt entfernt von uns haust, wenn doch der Kleriker Sebastian gleich einen Steinwurf von hier weg ist?<< >>Interessante Feststellung. Johann hat wohl auch sehr eigene Interessen.

Einem Kleriker ist nicht zu trauen, aber einem Klerus, der sich selbst nicht traut noch weniger. Deswegen sollten wir warten und hoffen, dass wir sie finden, denn ihnen sollten wir mehr trauen als Johann oder Blasius. Vielleicht sind sie mehr wert als alles, was uns beide zusammen bieten können. Man hört ja so einiges über jene, die als Ketzer verbrannt wurden.<< Der Tag und die Weinflasche neigten sich dem Ende und Theodor begab sich in sein Wohnzimmer und wartete auf den Sonnenuntergang. >>Mir Mistrauen zu raten, Pah! Als ob ich keine Augen im Kopf hätte. Manch einem ist der Takt so fern wie der Mond der Erde.<<

Die Pferde brachen kurz nach seiner Ankunft auf Johanns Anwesen zusammen. Es war eine ungeeignete Tageszeit für schlechte Nachrichten und Entschuldigungen, doch war keine Zeit mehr Johann all das zu verschweigen und Blasius wollte es hinter sich bringen. Er nahm Fassung an und klopfte an der Pforte Johann's prunkvollen, prächtigen Hauses. Ein Diener öffnete ihm. Er war so blass wie nur einer, der seit Jahren im dämmrigen Lichte eines großen Hauses verweilte. >>Wer seid ihr? Und was wollt ihr?<< >>Meine Wenigkeit ist Blasius, König. Ich wünsche Johann zu sprechen.<< >>Ich werde ihn benachrichtigen, wartet bitte.<< sagte der Diener unbeeindruckt und verschwand. Als Blasius so dastand und wartete, war er im Zwiegespräch mit sich selbst. >> "Wer lange herrschen will, muss lange denken" welch plumpe Erkenntnis, aber für wahr zu oft ausser Acht gelassen. Wahrlich dieser Possenschreiber hatte genug Zeit zu denken und er soll schon noch mehr davon bekommen. Habe ich nicht selbst Schuld mich von seinen Phrasen und Märchen täuschen zu lassen? Mich dünkt er hatte die ganze Zeit beabsichtigt mich irrezuführen, dieser Giftmischer. "Das Buch, das man hier barg, nie dies sei dein Grab" Oh Erich, du hinterhältiger Schreiberling! Dein Buch soll mein Grab nicht sein. Wenn dich erst mein Blitz trifft wirst du verstehen, wer hier der König ist...<< Er hörte Schritte. Zur Tür heran trat Johann, sichtlich schlecht gelaunt und in schlichter Kleidung >>Was ist der Grund eures Kommens, Blasius?<< >>Johann, ich muss euch schlechte Nachrichten mitteilen.<< >>Das ist schade für euch und unerfreulich für mich. Aber es kommt nicht unerwartet. Ich dachte mir schon lange, dass ihr inkompetent seid. Doch nun sprecht, was habt ihr mir zu berichten?<< >>Meine Tausend mal verfluchten Lakaien sind mir in den Rücken gefallen. Sie wissen vom Geheimnis und sind von meiner Residenz entflohen.<< Johanns Augen blitzten vor Zorn und der Mund stand ihm offen. >>Was in aller Welt erlaubt ihr euch, solch ein Missgeschick? Wisst ihr, was das für euch bedeutet?<< Natürlich wusste er das nicht. Ein selbsterklärter König, wie Blasius es einer war, vertraute Zeit seines Lebens auf die Sicherheit seiner Welt. Und besichtigte nie ein Folterverlies, sofern es nicht solch einer war, der es kurzweilig fand. Doch er ahnte, dass es ernst für ihn wurde, das konnte er in Johanns Gesicht lesen. >>Oh Kleriker, sagt mir welches Los mich erwartet, wenn ich scheitere und sie nicht finde.<< >>Vorerst wird es euer Los sein sich das weiterhin zu fragen. Doch eines kann ich euch sagen: Das war mit Sicherheit der größte Fehler eures überschwänglichen Daseins.<< Zermürbendes Schweigen. Dann fuhr Johann fort. >>Wann sind sie geflohen?<< >>In der Nacht von Gestern auf Heute.<< >>So,so, nun wenn sie nicht zu Pferde sind können sie nicht weit sein. Sie hatten doch keins, oder?<< >>Nein, das wäre auch nicht möglich, weil keiner ausser meinem Kutscher über die 10 Pferde an meinem Hofe verfügen darf.<< >>Wenigstens eine Achtsamkeit von euch. Nun, ich werde den Rest meines Ordens informieren müssen und seine Dienerschaft mobilisieren müssen, das heisst ein ganzes Heer. Es kommt

43

nur wegen eurer Dummheit dazu, und wenn ihr noch bei Trost seid, werdet ihr den Großteil der Kosten übernehmen, verstanden?<< Blasius schluckte >>Wie viel kostet mich das?<< >>Blasius...<< Sagte Johann blos, wieder in diesem machtbewussten Tonfall >>...Ja oder Nein?<< Blasius schwand der Mut, er konnte sich keinen weiteren Fehlgriff mehr leisten, das wusste er nun. >>Ja, Meister...<< sprach er zum ersten Male in seinem Leben >>Ja, ich habe verstanden.<< Abschiedslos schloss Johann die Pforte und ließ Blasius zurück. Dieser begab sich zum Kutscher, der verzweifelt aussah >>Meister, vergebt mir, doch die Pferde sind tot!<< Blasius sah auf die daniederliegenden Rösser, dann auf den Kutscher, dann auf die Peitsche...

11.

Ulrich, Erich und Viktor kamen in stockdunkler Nacht in ein kleines Dörfchen, in dem wohl nicht mehr als 70 Menschen wohnen mochten, doch es schien dass ungefähr halbsoviele in der großen Wirtsstube waren und sich mit Bier, Schnaps und Wein berauschten. Als sie eintreten wollten zögerte Viktor. >>Was hast Du?<< fragte ihn Ulrich. >>Ich weiss nicht so recht, was schlimmer ist. Eine fünfte Nacht wach zu bleiben oder mich in dieses rege Getümmel zu stürzen, um gerade mal zwei, drei Stunden zu schlafen, noch dazu wo es doch sehr riskant ist. Wir sind doch noch nicht gar so weit von Wehfurt entfernt. Und in letzter Zeit hatte sich mir dieser hartnäckige Zweifel über den Menschen aufgezwängt. Nicht ohne Grund, wie ihr wisst. Vielleicht ist es besser, wenn wir nicht gesehen werden, bis wir über den nächsten Berg sind. Was meinst Du?<< >>Nun<< antwortete Ulrich >>ich weiss auch nicht so recht<< Denn auch er fand es sehr riskant. Erich hatte jedoch eine wichtige Frage, die nicht warten konnte >>Wann kommt denn die nächste Gelegenheit Proviant aufzutreiben.<< >>Ach, bis zur nächsten Nacht um diese Zeit sollten wir die nächste Gelegenheit dazu haben.<< antwortete Ulrich, der jedoch bei weitem nicht so hungrig wie die anderen war. Erich wollte nicht jammern. Doch er war kein guter Wanderer und hatte seit jeher nur selten seinen goldenen Käfig verlassen dürfen. Er brauchte ein handfestes Essen, ganz zu schweigen von Viktor. Es war ihm beinahe peinlich, doch dann bat er: >>Lasst mich geschwind hineingehen und Brot kaufen. Ich habe ziemlichen Hunger aber vor allem wird Viktor es brauchen.<< Ulrich stöhnte >>Herrgott! Riskieren auf sich aufmerksam zu machen wegen etwas Brot. Du bist ja noch immer so fein gekleidet wie nur ein Hofphilosoph sein kann!<< >>Daran lässt sich etwas ändern.<< Erich nahm Schmuck und Jacke ab, machte einen Riss in sein Hemd und welzte sich wie ein Hund im staubigen Boden. Selbst Viktor musste dabei schmunzeln. >>Na, Du bist ja gewift.<< sagte Ulrich >>Schön, ausnahmsweise. Aber beeil dich.<< legte er hinzu >>So schnell ich kann.<< versicherte Erich und ging zur Tür rein, dann durch den von johlenden, saufholden Weibern und Raufbolden hallenden Saal, der mit dem Duft von brennenden Kaminholz und Schweissgeruch erfüllt war, schnurstracks zum Tresen. >>Was will der gute Mann?<< >>Fünf Laib Brot, bitte.<< >>Da muss ich nachsehen. Wartet bitte.<< Erich wartete ungeduldig und als sei er nicht ohnehin schon nervös, hob ein großer, dicker Mann mit runtergekommenem Gesicht den Kopf vom Tresen und musterte Erich misstrauisch. Dann lallte er, sodass es gerade noch irgendwie verständlich war. >>Du... Du siehstn mirs ja so aus wie so ein feiner Herr.<< >>So, ich?<< fragte Erich bebend >>Ja, Du bist doch sicher vom Hofe, nich'? Oh, du glaubst wohl ich wär n' blöder, nich' erns' zu nehmender Trottel? Unterschätz mich besser nicht!<< bellte er >>Wie kommt ihr denn auf sowas?<< Der

Mann sah Erich finster in die Augen. Er roch selbst wie eine Schnapsflasche. >>Na, weil Du des Königs kleiner Lustknabe bist! Haha!<< brüllte er und lachte lauthals. Als er so vor sich hinlachte bis dass der Wanst ihm schmerzte, kamen von hinten zwei kräftige Männer auf ihn zu und einer klopfte dem Trunkenbold auf die Schulter. Als dieser sie erblickte schien er plötzlich nur mehr halb so betrunken. Es waren Männer Blasius', wie sich am Wappen auf ihren Schärpen erkennen ließ. Der Mann kassierte einen Haken auf seinen offenstehenden Kiefer. >>Ihr seid im Namen König Blasius' des Siebten hiermit verhaftet! Spart euch euer Flehen für Gott auf.<< Doch das tat der Alte nicht, als er von einem der zweien weggezerrt wurde. Der andere sprach mit dem Ober, der schon das Brot, das er holen war, bereit hielt. >>Habt ihr heute schon zwei Männer in königlicher Kleidung gesehen oder von ihnen gehört?<< >>Nein<< knurrte der Ober. Er trank selbst nicht gerade weniger als seine Kundschaft. >>Aber einer der sich als Ordensmann irgendsoeines Johanns zu erkennen gab, hat mich das Heute auch schon gefragt.<< Erichs Ohren hörten genau hin, doch sein Blick war abgewandt, sodass er es so aussehen ließ, es interessierte ihn Anderes. >>Hmm. Nun, könntet ihr euch einmal dieses Bild hier ansehen?<< Erich zuckte verräterisch, doch der Königsdiener war zu beschäftigt damit, das Bild zu suchen. >>Wo hab ich's denn? Teufel noch eins. Mein Kollege muss es wohl noch haben. Wartet.<< Und der Diener winkte seinen Kollegen zu sich rüber. Weiter zu zaudern wäre fatal gewesen. Erich stand auf und ging lautlos aber schnell und bestimmt Richtung Ausgang. Auf halbem Wege rief ihm der Ober, als er es merkte, verdutzt nach: >>He! Eure Brote!<< >>He! Ihr da! Wer seid ihr?<< schrie der Königsdiener. Erich rannte so schnell wie ein gescheuchter Spatz, sich an der Menge vorbeidrängelnd, zur Tür in's Freie hinaus und dann in die

46

weite, schwarze Nacht hinaus. Seine zwei Gefährten ahnten Schlimmes und taten es ihm gleich. Einen Wimpernschlag später riefen sie ihnen nach: >>Im Namen des Königs, macht Halt!<< sie rannten so schnell wie's nur ging, doch langbeinige Hunde rasten ihnen immer näher kommend nach. Es war nicht mehr von größerer Bedeutung - Viktor erblickte Pferde, ihre letzte Hoffnung. Sie stürzten sich in aller Hektik auf die Pferderücken und ritten davon. Brot und Schlaf fanden sie in jener Nacht nicht. Doch für ein Ziel bei Dieblist nie ein Spiel zu viel ist. Und sie würden ihr Ziel bald erreichen.

Der Morgen graute frisch und neu. Mathäus ging zum Fluss, um Wasser zu holen. Sie waren am Tag zuvor ein gutes Stück vorangekommen und das Wetter schien günstig für die rasche Weiterreise. Mathäus füllte den Behälter mit Wasser und dachte an nichts Böses, als er im Gestrüpp an der anderen Uferseite des Flusses Holz knacken hörte. Er huschte schnell in das Schilf und wartete einige Sekunden. Hätte es sein können, dass man ihnen wieder auf den Fersen war? Ein schrecklicher Gedanke für Mathäus und er fühlte sich mulmig. Doch aus dem Gestrüpp sah er nur einen alten Mann hervorkommen, der planlos herumzuirren schien. >>Wo sind sie? Wenn ich diese Diebe jeh zu fassen bekomme. Dann rollen Köpfe!<< schimpfte er. Er schien harmlos zu sein, war auch nur wie ein Bauer gekleidet und hatte einen Gehstock. Doch etwas an ihm schien eigenartig, Mathäus wusste nicht ganz was, aber er war anders. >>Guten Morgen wünsch ich euch!<< rief Mathäus zum alten Mann hinüber. >>Ihr da!<< fauchte der Alte. >>Seid ihr einer der Diebe, die ich verfluche?<< >>Aber nein, lieber Herr!<< antwortete Mathäus schnell. >>Ihr Bestohlener, was sucht ihr?<< >>Ich suche, was ihr finden sollt, denn ich habe gefunden, was ihr gesucht habt. Ich suche nach dem Werk meiner vom Schreiben verkümmerten Hände. Und suche nach mir selbst.<< >>Sagt mir, wer seid ihr?<< >>*Wer wir sind*? Ist es nicht eine seltsame Frage?<< >>Ich verstehe nicht so recht.<< antwortete Mathäus verstört, der jedoch wusste dass sich der Alte etwas dabei dachte. >>Was jene beteuern, reuet eben den, welcher es einst sieht. Heisst's nie mehr gut den Schein, denn er weiss, dass Gold log, und zwar immer schon. Darum trug ich meine Asche hier zum Fluss im Nebel.<< >>Bitte sagt mir, was ihr damit meint.<< >>Sieh' ins Wasser.<< Was sollte da schon sein? Da war nur Wasser und was es in einem Fluss sonst noch so gab. >>Da ist doch nichts!<< Sagte Mathäus nervös. >>In der Tat.<< sagte der Alte. Und dann fuhr ein Schock durch Mathäus' Mark und Bein. >>Mein Spiegelbild!<< Es war nicht da. Im Moment dieser Feststellung blickte er in Richtung des Mannes. Doch der war nicht mehr da, sehr zum Erstaunen Mathäus'. Als er in Entsetzensneugier wieder auf's Wasser sah, sah er sich wieder. Er blickte hoch und schaute in den Himmel, wo Raben herumkreisten und krähten. >>Sollte es sein können, dass ich da gerade eben einen Engel sah?<< Mathäus sah nochmal in die Richtung aus der dieser seltsame Mann gekommen war, doch dort war keine Menschenseele. Ihn aus den Gedanken reissend hörte er Hartmut rufen. >>Wo ist Mathäus? Mathäus! Wo bist Du?<< >>Keine Sorge! Ich war nur Wasser holen. Ich komme schon!<< antwortete er und kam zum Nachtlager zurück, wo Hartmut schon ein Feuer machte. >>Ich habe mich schon gefragt, wo du so lange warst.<< >>Kein Grund zur Sorge.<< sagte Mathäus, stellte das Wasser auf den Boden und setzte sich. Das Feuer brannte und Hartmut fragte sich, was das nachdenkliche Gesicht Mathäus' sollte, sprach ihn aber nicht darauf an. So saßen sie eine Weile da und redeten kein Wort. >>Wir können wohlgemut sein.<< sagte Hartmut schliesslich >>Sie haben wegen uns mehr Arbeit, als wir wegen ihnen.<<

Mathäus nickte, während er scheinbar gedankenlos ins Feuer starrte, doch was er eben am Fluss sah, würde er sich für immer merken und würde es für sich behalten.

12.

An König Theodors üppig gedecktem Frühstückstisch saß dieser mit seinem Berater Friedrich und war alles andere als gut gelaunt.>>Niemals. Kommt gar nicht in Frage! Von meinen leblosen, kalten Händen könnten sie's mir entreissen. Doch nicht solange ich noch lebe. Auf keinen Fall!<< >>Herr...<< erwiderte Friedrich eindringlich doch bemüht ruhig und überzeugend zu klingen >>Es ist nicht nur aussichtslos sondern sinnlos sich der Kirche zu widersetzen. Ich bedaure es genau so wie ihr, doch die guten alten Zeiten sind vorbei.<< Theodor schlug mit der geballten Faust auf den Tisch. >>Nein! Wie steht es noch gleich in der Schrift: "Gebt dem Kaiser, was des Kaisers ist, und Gott, was Gottes ist"<< >>Herr, der Papst ist mittlerweile mächtiger in dieser irdischen Wirklichkeit als beide zusammen. Wir sollten uns hüten, ihm nicht das zu geben, was er will.<< >>Niemals werde ich ihm einen Anteil an meinem seit ungezählten Generationen weitervererbten Kunstschatzes zuwilligen. Nicht eine Münze, nicht einen Amethysten und auch keinen Bleigroschen!<< >>Dann hofft auf ein Wunder.<< >>Mein Geschlecht hat sich noch nie einschüchtern lassen. Abgesehen davon, denkt ihr wirklich, dass mein Volk sich noch länger zum Narren halten lassen wird? Es steht auf meiner Seite und auf der richtigen Seite der Geschichte. Und so ist's in allen freien Ländern um uns rum, auch wenn man das nicht von jedem sagen kann, der

sich König schimpft.<< Friedrich sah resigniert zu Boden.
>>Dann betet, Oh Theodor, betet für ein Wunder.<<
>>Pah!<< gab der König blos zurück und widmete sich
wieder seinem Frühstück. An der Tür klopfte es drei mal.
>>Herein!<< brüllte der König erwartungslos >>Herr...<<
sprach die Garde, die in der Tür stand. >>Drei Männer
stehen in der Halle. Zwei davon behaupten von Blasius'
Hofe zu kommen und der andere...<< >>Verschont mich mit
Blasius! Ich will nichts mehr von ihm hören.<< >>Meister, es
sind hohe Bedienstete Blasius', die sich von ihm abgewandt
haben und sie haben Kopf und Kragen riskiert, um von
seinem Anwesen zu entfliehen und einen Verurteilten vom
Pranger zu befreien und das nur mit dem Ziel, zu euch zu
kommen.<< Das machte den König sehr neugierig und er
sagte >>Nun gut, wenn das so ist, sollen sie mit mir
frühstücken. Man bringe sie herein.<< Zur Tür herein
kamen die drei Weitgereisten, die ganz und gar nicht wie
Leute aus der Oberschicht aussahen, sondern
mitgenommen und schmutzig von ihrem langen,
abenteuerlichen Wege waren. >>Ulrich!<< kam es ganz
plötzlich aus Friedrichs Munde.>>Cousin!<< rief Ulrich
>>Wie froh bin ich, dich zu sehen!<< Sie verbeugten sich vor
Theodor. Dieser war beeindruckt von ihrem Kampfgeiste.
>>Darf ich vorstellen<< sagte Friedrich stolz >>Ulrich, mein
Cousin. König Blasius' schlauester Kopf.<< >>Zumindest
war ich das noch bis vor Kurzem.<< ergänzte Ulrich >>Seid
gegrüßt, oh Theodor! Ich bin Ulrich, das ist Erich und das
ist Viktor. Wir sind heilfroh, dass wir zu euch gelangen
konnten, doch leider bringen wir euch mit samt dem
Geschenke das wir euch machen wollen, auch eine Menge
Gefahr mit.<< >>Immer langsam mit den jungen Pferden.<<
antwortete Theodor >>Erklärt euch. Was bewog euch zu
diesem riskanten Unternehmen?<< >>König...<< hob Erich
an >>Um es kurz zu machen: Wir haben vor Blasius zu

entthronen und alle Lande unserer Völker aus den Ketten der Knechtschaft des Klerus zu befreien.<< >>Ist das euer Geschenk? Hört sich eher so an, als bätet ihr mich um einen Gefallen. Und zwar nicht um irgendeinen. Denn ich will nur das Beste für mein Haus und für mein Land und übernehme mich nicht mit aussichtslosen Kriegen.<< >>Geehrter König...<< sagte Erich schnell >>So wie es sich darstellt, bahnt sich eine Rebellion an. Kein kleiner Bauernaufstand oder ergebnisloses Machtgeplänkel. Dieser Mann hier, Viktor, so wie mittlerweile auch ich und Ulrich sind darin involviert und wir werden mit eurer Hilfe und der Hilfe unserer neuen Gerätschaften mit Leichtigkeit siegen.<< >>Was für Gerätschaften?<< fragte Theodor verdutzt. >>Jene welche über Blitz und Donner verfügen...<< sprach Viktor mit einem Rest Skepsis in der Stimme. Theodor wunderte sich sehr doch freute sich darauf mehr davon zu erfahren. >>So setzt euch doch erstmal zu Tisch und esst und trinkt. Dann könnt ihr mir gerne alles erklären, ich bitte darum.<< Das ließen sich die halbverhungerten, halbverdursteten Männer nicht zwei Mal sagen. Und nachdem sie wieder zu Kräften gekommen waren, erzählten sie ihm von ihrer Zeit am Hofe, der Flucht Hartmut's aus dem Schloss und von den erstaunlichen Entdeckungen die Hartmut ihnen gezeigt hatte, von Viktors Befreiung und von ihrer gefährlichen, weiten Reise. Theodor und Friedrich lauschten ihnen andächtig mit offenstehenden Mündern und staunten. >>Das ist in der Tat eine interessante Geschichte, die ihr mir da erzählt.<< sagte Theodor schliesslich, als sie ihm alles erzählt hatten und der Morgen schon vergangen war. >>Doch sagt mir, wo ist Hartmut jetzt?<< >>Genau das ist es, was wir nicht wissen<< sagte Ulrich >>Ebenso wenig wie, warum er geflohen ist.<< >>Und wer kann uns nun am besten über dieses Blitzgeheimnis unterrichten?<< Die zwei blickten auf Viktor.>>Ich<< sagte dieser >>Doch ich will euer Ehrenwort,

König, dass die Entscheidungsgewalt in dieser Angelegenheit vorerst uns allen die wir hier sind, obliegt.<< >>So soll's sein. Solange wir nur das erreichen, was wir alle wollen.<< Und Viktor bat um Stift und Papier und zeichnete Skizzen zahlreicher Geräte zur Gewinnung und Nutzung dieser sonderbaren Energie. Eine beeindruckte Theodor ganz besonders. Es war eine Schleuder, welche mittels Magnetkraft funktionierte und jede andere Waffe, von der der König jeh gehört hatte, in den Schatten stellte. Ein Gerät zur Verständigung durch Kodierung über Distanzen, die so weit reichten, wie man einen Draht nur legen konnte und eine noch unausgereifte Idee einer vollautomatischen Kutsche. Darüber hinaus zahlreiche Werkzeuge und Haushaltsmaschinen. Theodor wurde nicht müde, die Erklärungen Viktors über diese vielen Dinge zu hören und zu staunen. >>Wir müssen diese Chance nutzen, solange wir sie noch haben. Dieses Wissen darf keinem in die Hände fallen, der die Gunst der Weisheit nicht zu schätzen weiss.<< >>Hartmut...<< sagte Erich >>Er ist einfach so verschwunden. Wir sollten ihn und die anderen Eingeweihten finden bevor es jemand anderes tut.<< Der König wandte sich seinem Diener zu. >>Friedrich, findet diesen Hartmut und jeden der in diese Sache verwickelt ist.<< >>Das sind viele.<< sagte Viktor >>Wenn es euch recht ist, werde ich mich der Suche anschließen. Es wird leichter, wenn ich für euch bürge.<< >>So sei es.<< antwortete Theodor. >>Ich werde unsere besten Männer benachrichtigen.<< sagte Friedrich. >>Seid in einer Stunde bereit, Viktor. Könnt ihr mit dem Schwert umgehen?<< >>Nicht so gut wie mit der Heugabel, aber gut genug um mich durchzusetzen.<< >>Wohlan...<< sagte Friedrich. >>Auf dass die Wahrheit siege!<<

13.

Nachdem Blasius, der sich zu allem Überflusse von Johanns Kutscher wieder hat heimbringen lassen müssen, wieder in seinem Schloss angekommen war, griff er als erstes zum Schnaps. Es war der feinste Geist der auserlesensten Früchte und doch wurde der König dadurch kein Bisschen besonnener. Erst als der Zeiger seiner Zitronenuhr an der Drei vorbei war, legte er sich schlafen. Dann zur Mittagszeit wagte es die Magd, ihn mit einem schmackhaften Frühstück auf dem Silbertablett zu wecken. Wortlos nahm er dieses entgegen und deutete der Magd mit einer Gebärde, die so anmutete, als ob er damit eine Fliege verscheuchen wollte, sich zu entfernen. Danach lag er in seinem Bett und zögerte es hinaus aufzustehen, während die Sonne hinter den dicken Vorhängen keinen Einlass fand. Schliesslich als der Zeiger der Zitronenuhr an der Zwei vorbei war, musste er sich wieder seinen Sorgen widmen. Er ging in den Garten, wo er dasaß und grübelte. Dann kam ihm ein Kundschafter mit einem Lächeln auf dem Gesicht entgegen. Schon von Weitem war zu erkennen, dass es schöne Nachrichten sein mussten, denn er schien vor Blasius keine Angst zu haben. >>Meister!<< rief er, als er sich ihm nahte. Müde grüßte er ihn mit einem bescheidenen Winken. >>Ich bringe euch gute Nachrichten - Wir konnten die Hexe Grimhild gefangen nehmen.<< Blasius war verdutzt, doch nicht ganz so erleichtert, wie er es gerne gewesen wäre. >>Wieso in aller Welt habt ihr nur die Hexe? Wo sind die zwei anderen? Und wann bringt ihr mir endlich Hartmut?<< >>Es trug sich folgendermassen zu: Sie war mit diesem Hartmut und den anderen zweien, die ihr sucht im Süden, als wir sie kurz vor Theodors Landesgrenzen antrafen. Sie waren also samt ihr selbst zu viert, ich und mein Trupp zu fünft. Sie rannten in verschiedene Richtungen davon. Vermutlich hatten sie für solch einen Fall einen Treffpunkt ausgemacht. Fangen konnten wir nur sie.<< >>Nun gut, sie sind also Richtung Süden gegangen. War auch abzusehen. Sie wollten ganz zweifellos durch die Ländereien dieses alten, irrigen, gutgläubigen Theodors.<< >>Wir werden mit eurem Befehl alle Suchtrupps dorthin verlagern.<< >>Ja, tut das. Aber bringt mir erstmal dieses Weib.<< Der Kundschafter pfiff und kurz darauf brachten zwei stämmige Männer Grimhild herbei, warfen sie Blasius vor die Füße und lachten boshaft. >>Weisst Du mit wem Du's hier zu tun hast?<< Fragte Blasius auf Grimhild hinabblickend. >>Antworte!<< Diese aber blickte ihn nur an, um ihm ins Gesicht zu spucken. Blasius nahm es mit Fassung. >>Bringt sie ins Verlies. Auf dich wartet deine schwerste Zeit. Doch angesichts der Wichtigkeit der Sache sollst Du's leichter haben, wenn du mir nutzen kannst. Denk an deine Freiheit, auf die du hoffen kannst, wenn ich bekomme was ich will. Weg mit ihr!<< Und sie wurde an den Haaren weggezerrt ohne dabei einen Mucks zu machen. Blasius ging zurück in sein Schloss und feierte dies mit einem Glas Wein.

Sie wurde runter in den Kerker gebracht und in ihre Zelle geworfen. Durch die Tür, welche hinter ihr mit einem lauten Knall geschlossen wurde, konnte sie die zwei üblen Gesellen reden hören. >>Das ist ja ein hübsches Ding, nicht wahr?<< maulte der eine und gluckste >>Die gehört mir! Du hast ja die andere vom letzten Mal gehabt...<< >>Die war doch hässlich und stank noch schlimmer als du. Ich will als Erster, du Tölpel!<< Sie fingen an sich zu streiten, wer es wohl sei der als erster Grimhild ihre Jungfräulichkeit raube. Durch die Tür hörte Grimhild ein Gepolter, wie als ob sie rauften. Doch dann kam der Kerkermeister, um sie zurechtzuweisen. >>Ihr beiden Scheusale werdet den Teufel tun! Das ist eine wichtige Mitwisserin in einer großen Angelegenheit. Und wenn ihr nicht bald gesitteter werdet, wird mir für euch auch schon noch was einfallen.<< Kleinlaut wie sie wurden, hörte man nichts mehr von den beiden. >>Geht hinfort! Ich muss jetzt arbeiten.<< Man hörte sie die lange Treppe nach oben steigen. >>Ihr seid ein Held. Mein Held!<< rief Grimhild durch die Zellentür. >>Fragt sich ob ihr das noch so lange denken werdet. Denn gleich beginnt das Verhör.<< >>Habt ihr eine Frau?<< >>Das tut nichts zur Sache und geht euch auch nichts an. Ich bin kein Narr der sich von einem jungen Mädchen bezirzen lässt und ihr seid auch nicht das erste hier unten.<< >>Verzeiht, ich wollte nur die ersten Worte eines Gesprächs machen, mein Held.<< >>Ich bin alles andere als euer Held. Bereitet euch auf das Verhör vor. Es beginnt in etwa einer Stunde. Bis später, denn ich gehe jetzt.<< Und sein Fuß stampfte schon auf die erste Stufe der Treppe, als Grimhild noch etwas sagte: >>Seid ihr auch der Held eurer Frau?<< Und der Kerkermeister stockte. >>Was meint ihr?<< fragte er besorgt. >>Ich sah euch schon mal bei meiner Nachbarin, der Gertraud, im Garten reden und erkenne eure Stimme wieder.<< Und ihm schwante Übles.>>Ihr küsstet sie. Fragt sich, ob ihr nun ein Held seid oder nicht. Denn entweder werdet ihr mich freilassen und mein Ehrenwort zu schweigen annehmen oder feige das tun, was euch aufgetragen wird. Doch wüsstet ihr um das Ausmaß meines Mitwissens, würdet ihr hoffen Gewissheit zu haben, dass ich hier nie mehr rauskomme, denn das ist durchaus denkbar und liegt am Schluss auch nicht in eurer Gewalt.<< Der Kerkermeister stieß einen langen, schweren Seufzer aus. Er hatte ja gehört, was Blasius zu ihr im Schlossgarten gesagt hatte, als man sie zu ihm gebracht hatte. >>Ein Held also. Nun, ihr ahnt ja nicht, mit was ihr mir da droht.<< >>Wie leicht aus einer Lapalie ein Familiendrama zu werden droht, nicht? Euer doch recht angesehener und frommer Schwiegervater wird nicht erfreut sein.<< Der Kerkermeister war wie hin und her gerissen, doch auch wenn er es nicht wahr haben wollte, hatte sie einen gewichtigen Schwachpunkt entdeckt.>>Und was soll ich jetzt tun? In beiden Fällen bin ich des Todes. Soll ich dich denn jetzt einfach rauszaubern, oder wie?<< Grimhild überlegte. Dann fiel ihr etwas ein. >>Du könntest die Schuld doch einfach den beiden Idioten in die Schuhe schieben.<< >>Unglaubwürdig, du könntest niemals auch nur an einem von beiden vorbeikommen.<< >>Wenn du wüsstest!<< >>Ach diese beiden. Es sind schon zwei wahrhafte Grausgestalten. Nur Schande und Saufen haben die im Kopf.<< >>Und Du denkst ich könnte mich gegen zwei sturzbetrunkene Rüpel nicht zur Wehr setzen?<< >>Ja, vielleicht könntest du das<< fluchte der Kerkermeister >>Aber das hilft mir doch nichts!<< >>Dummerchen. Sie haben doch die Nachtwache über, oder?<< >>Ja zumindest einer von ihnen.<< >>Mach ihn betrunken und lass die Tür meiner Zelle offen. Er wird gar nichts merken wenn ich ihm den Schlüssel für die obere Tür abnehme und fliehe.<< >>Und wie willst du das Schloss verlassen? Es wird vom Torwächter bewacht.<< Grimhild überlegte. >>Hmm. Du könntest mir das Gewand deiner Frau bringen. Ich könnte mich darin kleiden und behaupten ich wäre sie und mit dir dann rausgehen. Wenn wir es schaffen, wird sie es dir danken, denn ich werde es dir vergelten.<< Der Kerkermeister war nervös und um sich sehr besorgt. Er weigerte sich zunächst. Doch er war es seinem Stolze schuldig und als Grimhild ihn nochmal daran erinnerte, was sein Schwiegervater mit demjenigen machen könnte, der seine Tochter hinterging und ihn überzeugte, dass es durchaus eine Entscheidung zwischen zwischen Tod in Schande und einem neuen Leben in einem neuen Reich sein konnte, willigte er schliesslich ein. >>Also gut<< sagte er >>So machen wir's. Aber am Verhör heute führt kein Weg vorbei. Bis dahin werde ich die Kleider und den Schnaps besorgen. Lass dir einfallen, wie du es überstehen wirst, denn ich muss tun was von mir verlangt wird und Blasius selbst wird anwesend sein.<< Und mit diesen Worten verließ er sie. Grimhild saß allein da in der Stille. Luft kam nur aus den mit Gitterstäben versperrten Kellerschacht, durch den nur indirektes Licht einfiel. Es war unmöglich selbst auszubrechen, nicht ohne geeignetes Werkzeug und die dazu nötige Heimlichkeit. Sie konnte nur mutmaßen wie gut sie wirklich bewacht wurde. Sie stand auf und sah sich um. Alles bestand aus hartem, kaltem Gestein, die dicke Zellentür aus massivem Stahl. Sie schlug drei Mal mit der Faust dagegen. >>Ist hier jemand?<< fragte sie laut. Doch kein Mensch antwortete ihr. Sie bekam eine Ahnung (oder eigentlich auch nicht) wie es wohl sein müsste, für den Rest seines Lebens vergebens, zu warten diesen Raum für etwas anderes als gemartert zu werden, zu verlassen. Hoffentlich, so dachte sie, würde sich der Tod über solche Existenzen schnell erbarmen. Sie fürchtete den Tod nicht. Nein, wenn die Uhr nicht mehr tickt, ist sie zeitlos. Doch ein um den Sinn gebrachtes Leben in einer um den Sinn gebrachten Welt fürchtete sie. Gerade darum würde sie im Verhör nicht ihr Schweigen brechen. Sie würde es sich bis in den Tod hinein nicht verzeihen. Viel mehr Zeit verging nicht, bis sie Blasius und den Kerkermeister die Treppe runterkommen hörte. Die Tür wurde entriegelt und im Fackelschein sah sie die zwei. Sie konnte Gift darauf nehmen dass der Kerkermeister seine Rolle gut spielen würde.

14.

Hartmut, Bernd und Mathäus rannten noch immer als sich ihre Wege Richtung des großen Felsens, des vereinbarten Treffpunktes, kreuzten. Als sie den Wald hinter Theodors Grenze erreicht hatten erlaubten sie sich langsamer zu werden und sich über diese missliche Lage, in die sie geraten waren, zu beraten. >>Wo bleibt nur Grimhild?<< fragte Bernd nach Luft ringend >>Keine... Ahnung.<< sagte Mathäus >>Lasst uns hoffen, dass sie schon beim Felsen ist. Los... einmal noch schneller, bis wir dort sind!<< Sie liefen über Wurzelwerk und Steine bis sie den Ort endlich erreichten. >>Sie ist nicht da!<< stieß Hartmut verzweifelt aus und sie fielen erschöpft zu Boden und verschnauften >>Verdammt, sie haben sie. Mein armes Schwesterlein, wir müssen zurück, sofort!<< >>Das ist keine gute Idee<< antwortete Mathäus >>Wir müssen sie befreien!<< bestand Hartmut >>Es hätte keinen Sinn<< versuchte Bernd ihm klar zu machen.>>Sie sind sicher schon zu den anderen Suchtrupps gestoßen. Es könnten Hunderte sein.<< Hartmut wollte sich nicht damit abfinden.>>Dass mir von euch zweien blos keiner zum Schwager wird! Ich habe mich nur wegen ihr auf den Weg gemacht und werde sie nicht im Stich lassen!<< >>Jetzt mal halblang!<< erwiderte Bernd harsch >>Ich und Mathäus haben uns die ganze Zeit um sie gekümmert und wir sind nicht weniger bestürzt als du. Doch ohne Unterstützung können wir gegen diese Schweine nichts ausrichten. Wir müssen einen anderen Weg finden, sie zu befreien.<< Hartmut schlug sich selbst ins Gesicht und starrte zu Boden. Schliesslich hatte er Einsehen. >>Na gut. Ihr habt ja Recht. Aber wenn wir nicht bald einen Plan haben, dann...<< >>Pscht!<< zischte Bernd mit dem Zeigefinger gebietend >>Ich höre etwas...<< Sie hielten die Luft an und lauschten. Vom inneren des Waldes her hörten sie Pferdehufe. Sie kamen jedoch vom Süden, und immer näher Richtung des Felsens. >>Los!<< sagte Hartmut so laut er es sich erlauben konnte und schlug den Weg nach Westen ein. Wieder rannten sie. Doch von allen Seiten kamen Reiter mit Speeren bewaffnet und versperrten ihnen den Weg. Sie waren zu zahlreich. Widerstand war zwecklos. Ein Reiter kam direkt auf den kampflustigen Hartmut zu und gebot ihm stehen zu bleiben. >>Im Namen König Theodors, ihr seid festgenommen!<<

Grimhild saß im Verhörraum angekettet auf einem Stuhl. Der Kerkermeister hatte sie dort zurückgelassen, traf die letzten Vorbereitungen und beriet sich in diesem Moment mit Blasius wie sie beim Verhör vorgehen sollten. Er sprach mit ihm, als sei es ihm einerlei, was aus Grimhild würde und wie sehr er ihr wehtun müsste. Dem war aber nicht so und er zerbrach sich den Kopf über das Schlamassel in dem er sich befand. Und Grimhild ihrerseits musste sich eingestehen, dass sie nicht ganz so selbstsicher in einer solchen Situation war, wie sie es ihm weismachte. Neben ihr war ein Tischchen mit grauenvollen Folterinstrumenten. Daumenschrauben, Zangen, spitzes und scharfes Metall, direkt gegenüber, vor ihren Augen eine eiserne Jungfrau. Sie atmete heftig, doch als der Kerkermeister und Blasius eintraten, befahl sie ihrem Herz sich nicht zu fürchten. Sie würde überleben und freikommen. Das war das, was sie sich immer wieder sagte. >>Das Spiel ist vorbei. Und jetzt beginnt ein anderes.<< sagte Blasius mit einem höhnischen Lächeln im Gesicht. >>Heinrich, das Brenneisen...<< Der Kerkermeister tat, was er selbst niemals ertragen würde, diesem jungen kaum erwachsenen Mädchen an, und drückte das heisse Eisen in die zarte Haut des Mädchens, ganze fünf Sekunden lang. Sie riss den Blick zur Decke empor, wissend dass es keinen Zweck hatte, ihnen ihr Leid auch noch erkennen zu geben und knirschte mit den Zähnen. Heinrich tat es Leid. Er hätte am liebsten Blasius an ihrer Stelle gehabt. >>Was wisst ihr von der Blitzkraft?<< fragte Blasius aufdringlich, der nahe an sie herantrat und ihr in die Augen starrte. >>Was weiss eine Frau schon von solchen Dingen, die blos schwache, machtlusterne Feiglinge für sich beanspruchen wollen!<< >>So?<< Blasius schlug sie mit der Handfläche ins Gesicht >>Was nützt es einer ungebildeten Frau sich trotzig gegen den Herrscher zu stellen wenn ihr Gesicht entstellt wird?<< Grimhild wusste, dass es nur von Nachteil wäre, menschliche Schwäche zu zeigen und versuchte es irgendwie zu ertragen, als Heinrich befohlen wurde, noch einmal das Brenneisen anzuwenden. Es half ihr, innerlich zu zählen, bis der Schmerz vorbei war. Diesmal waren es zehn Sekunden. >>Welche Richtung haben sie eingeschlagen?<< >>Westen!<< >>Du lügst!<< Wieder dieser Schmerz. Grimhild vermutete, dass sie sich auf immer empfindlichere Stellen vorarbeiten würden. Es hörte nicht auf. Ohne Gnade und ohne Ende wurden die Minuten zu einer vollen Stunde. Blasius wunderte sich sehr, dass sie während all dieser Zeit nichts preisgab, was von Bedeutung gewesen wäre. Verstört waren sie, als sie Grimhilds ungewöhnliches Spotten hörten. Mit einem Lächeln, das so etwas wie wahre Größe ausstrahlte und von den Tränen, die ihr von den Augen flossen keineswegs getrübt wurde, sagte sie am Schluss nur: >>Was ist schon die Zeit meines dahinschwindenden Körpers gegen das, was ihr in ewige Zeit sein werdet? Nämlich ein Sprichwort!<< Und abermals spuckte sie ihm ins Gesicht. Er wischte sich sein Gesicht und erwiderte: >>Was ist schon eine Empfindung am Licht gegen ein Nichts in der Dunkelheit? Genug Heinrich. Sie soll so lange in ihrer Zelle bleiben, bis sie sich danach sehnt, dass ihre Geheimnisse angehört werden. Schaff sie mir aus den Augen.<< Sie hatte Verbrennungen an Beinen und Armen, doch wollte es keiner wagen ihr Gesicht zu verunstalten. Nicht einmal Blasius wäre so dreist gewesen. Heinrich fühlte sich elend. Noch nie hatte er so ein edles Wesen gesehen. Blasius ging fort und als er sie verlassen hatte, sagte Heinrich: >>Bei allem was noch heilig ist, behalte deinen Reichtum für dich!<< >>So wahr ich lebe...<< entgegnete sie ihm >>Ich werde dir meine Freiheit vergelten.<< Er gab ihr die Kleider seiner Frau, welche sie unter dem Stroh auf dem sie schlafen hätte sollen, versteckte und stellte die drei Flaschen Schnaps auf das Tischchen des Wärters. Die Zellentür ließ er unverriegelt. Dann ging er, hoffend dass alles funktionieren würde. Er hoffte es für sie, die sie tapferer war als jeder Kriegsmann den Blasius beschäftigte und, dann war sie allein. Grimhild harrte noch den ganzen übrigen Tag auf die Nacht.

15.

Theodors Schloss lag im Abendschein und es gab dort ein reges Treiben. Viktor traf gerade mit seinem Trupp und sechs weiteren hochstehenden Rebellen ein. Sie hätten sich ohne ihn nicht so leicht überzeugen lassen mitzugehen und hätten so grob wie Hartmut, Bernd und Mathäus gebändigt werden müssen. Dass diese auch bald kommen würden, konnte er nicht wissen. Und so blieb ihm zu hoffen, sie bald wieder heil zu sehen. Unterdessen waren die schlausten Köpfe Theodors mitsamt den aufgegabelten in das Blitzgeheimnis eingeweihten Rebellen damit beschäftigt, die Schmiede und Handwerker über die neuartigen Geräte aufzuklären mit deren Anfertigung unverzüglich begonnen werden sollte. Die hohe Kriegsriege beriet sich, wie man das Schloss gegen den mit Sicherheit kommenden Ansturm am Besten verteidigen konnte. Theodor wusste, dass es jetzt kein Zurück mehr gab und blieb in seinem Thronsaal, um dort besser nachdenken zu können. Nur Friedrich, Ulrich und Erich blieben bei ihm. >>Nun dämmert sie also herauf...<< murmelte Theodor >>Die neue Zeit.<< kurze Zeit später wurden auch sie von all dem Getummel behelligt , denn es bat ein Bote um Einlass. >>Lasset ihn vortreten, Gardisten.<< kreidebleich kam der Bote in den Saal >>Meister!<< rief er schon von weitem >>Der Kleriker

Johann ist nun eingetroffen.<< >>Johann?<< fragte Erich entsetzt und wieder kam der Schatten über ihn >>Ihr kennt ihn?<< fragte Theodor gelassen >>Er ist ein Monster!<< sagte Erich fast stotternd, denn er wollte ihn eigentlich nie wieder in seinem Leben treffen. >>Ja, das dacht' ich mir auch immer schon. Aber seid wohlgemut, er hat hier nicht viel zu melden. Kommt herein Johann, ihr Freund der Gefangenschaft.<< Nur Johann wusste, dass dies eine feindseelige Anrede war, die ihm unerwartet aus Theodors Munde kam, doch gefasst und keinen Makel seiner Autorität preisgebend, ging er durch die Tür in den großen Saal und erwiderte: >>Freund der Gefangenen heisst *er* mich. Aber ihr, sagt mir, wer seid ihr mich so zu verhöhnen?<< >>Ihr versuchtet vier junge Leute, zwei königliche Berater und einen vom Pranger befreiten Ehrenmann gefangen zu nehmen und heisst euch Freund der Gefangenen? So verhöhnt euch doch nicht selbst!<< perplex sah er auf Ulrich und Erich, die er gerade erst bemerkte. Dieser solchen Menschen wie Johann so eigene Blick, den sie machten, wenn etwas nicht in ihr Konzept passte, lag auf seinem Gesicht. >>Du Erich? Ihr beide? Was hat das zu bedeuten Theodor? Was fällt euch ein? Ihr gottverlassener Tor! Ist euch denn überhaupt klar, was ihr da tut?<< >>Tor? Eine Torheit ist es zu verlangen, dem Gott zu glauben, der einem nie die richtige Antwort gibt. Wahrlich, da finde ich ja noch mehr Bedeutung in einem Lebenden.<< >>Ihr werdet euch noch einen Freund der Gefangenschaft wünschen!<< Fauchte Johann. >>Ich denke ich habe schon einen gefunden. Gardisten!<< Die Garde ergriff Johann und führte ihn ab, welcher nicht mehr wusste, wie er seiner Empörung Luft machen sollte. Nie hätte er so etwas für möglich gehalten. >>Wiegt euch nur nicht in Sicherheit, Theodor! Das letzte Wort ist noch nicht gesprochen!<< >>Das letzte Wort wird nie gesprochen sein solange es noch die Lüge gibt und sicher bin ich mir immer stets nur meines eigenen Todes, den ich nicht fürchten werde!<< Und als alle von der Begebenheit gehört hatten, schallte es durch die Gänge und Hallen des Schlosses: >>Auf Theodor, den wahren Freund der Gefangenen!<<

Zur Mitternachtsstunde war es so weit. Grimhild hörte den Unhold vor ihrer Zellentüre schnarchen. Sie zog sich die Kleider von Heinrichs Frau an und spähte bedacht durch die Zellentür, die sie einen Spalt weit öffnete. Der Wärter war von seinem Stuhl gefallen und schlief so tief, dass ihn der harte Steinboden nicht zu stören schien. Alle Schnapsflaschen waren leer. Leider war der Schlüssel an einer Kette um seinen dicken Hals angebracht. Grimhild musste behutsam seinen Kopf heben und sie runternehmen. Sie bekam einen gehörigen Schrecken als sein Schnarchen stockte und er kurz die Augen öffnete. Doch er schloss sie sogleich wieder und im Nu hatte sie den Schlüssel. Sie schlich langsam die Treppe nach oben und öffnete die Tür hinter der Heinrich bereits auf sie gewartet hatte. >>Wohl an<< flüsterte er >>Folge mir unauffällig.<< >>Ja, mein Schatz.<< scherzte Grimhild guten Mutes. Durch den Schlosshof gingen sie bis zum Tor und wollten gerade hindurchgehen als der Torwächter stutzig wurde. >>He! Wer ist das?<< >>Meine Frau.<< sagte Heinrich rasch. >>Was macht eure Frau zu so später Stunde hier im Schloss?<< >>Ich hatte mir gedacht ich bringe meinem Mann und seinen Kollegen einen Kuchen, denn heute war sein Geburtstag.<< Heinrich hätte beinahe vor Entrüstung geseufzt. Zum Glück wusste der Mann nicht, dass heute nicht sein Geburtstag war. >>Ist noch was davon übrig?<< fragte der Wächter tratschhaft >>Leider nicht.<< sagte Grimhild ohne ihn anzusehen, denn die Sterne scheinten hell in jener Nacht. >>Doch morgen kann ich ja den lieben Freunden und Kollegen meines Mannes hier am Hofe einen großen Kuchen backen.<< >>Das würde mich freuen<< sagte der Wächter >>Nun denn gehabt euch wohl. Und alles Gute nachträglich.<< Und sie gingen durch das Tor und verabschiedeten sich. Als sie ein Stück weit gegangen waren jauchzte Grimhild und war so fidel wie eh und jeh. Sie küsste Heinrich unversehens auf die Wange und sagte: >>Dank dir, mein Held, doch nun muss ich zu meinen Freunden. Sie machen sich sicher schon große Sorgen.<< >>Es wäre zu gefährlich für dich durch die Gegend zu streifen. Ich würde dich gerne bei uns aufnehmen.<< >>Ihr seid zu gütig<< erwiderte Grimhild sehr zur Last des Gewissens des hartgesottenen Kerkermeisters >>Doch ich muss zu meinen Freunden. Ihr werdet diese schreckliche Arbeit nicht mehr lange machen müssen, dafür werde ich sorgen.<< >>Das würde ich euch nie vergessen. Wohl an. Gute Reise wünsche ich euch.<< Und sie ging in die dunkle Nacht hinaus mit dem Ziele beim Kuhhirten Oswald auf ihre Freunde zu warten.

16.

Als der Morgen dämmerte ging der andere Wärter hinab in den Kerker um seinen Kumpanen abzulösen. Dort traf er ihn noch immer tief schlafend an, sah das die Zellentür offen war und stellte fest, dass die Gefangene weg war. >>Paul, du hoffnungsloser Vollidiot!<< brüllte er, doch das störte dessen Schlaf kein wenig. >>Das geht auf deine Kappe, hörst du?<< Natürlich hörte er's nicht. Er trat ihn mit dem Stiefel in die Seite und grunzend wachte jener auf. >>Was... was?<< >>Sie ist weg, ihre Kleider sind noch da! Ist sie etwa nackt geflohen?<< Verdutzt und kreidebleich wurde sich Paul der Brisanz dieser Tatsache gewahr. Sein Kollege reimte sich natürlich die naheliegendste Erklärung zusammen.>>Du versoffener Lustmolch! Wenn das Blasius

erfährt...<< Und er machte kehrt und ließ Paul in seinem
Dreck zurück. >>Dietrich, warte... verdammt so bleib doch
stehen!<< gröhlte er ihm noch immer vom Boden aus nach.
Lange dauerte es nicht, bis Blasius ihn töten ließ und ein
weiteres mal einen Suchtrupp entsenden musste, so dass er
nicht mehr viele Männer bei sich hatte. Wie misslich seine
Lage aber tatsächlich war, sollte er bald erfahren.

Hartmut, Mathäus und Bernd hörten die Männer sagen,
dass sie in Kürze Theodors Heim erreichen würden.
Weshalb sie zu ihm gebracht werden sollten, haben die
Männer ihnen noch nicht sagen können, denn sie waren
schon nach ihnen auf der Suche, seit Theodor von ihnen
durch Blasius' Boten erfahren hatte und den Befehl gegeben
hatte, sie ausfindig zu machen. Doch sie waren nicht allzu
grob zu ihnen. Gefesselt waren sie natürlich trotzdem.
Bernd klagte über eine Aufschürfung an seinem Fuß die
sich zu entzünden drohte. Einer der Männer reichte ihm
eine Flasche roten Rums. >>Hat bis jetzt noch jedes Problem
gelöst. Und jetzt Schluss mit Jammern.<< Bernd nahm einen
Schluck frischen Wassers, spuckte in die Handfläche, gab
einen Schuss Rum dazu, rieb sich die Wunde damit ein und
hoffte, dass es auf diese Art besser heilen würde. Niemand
konnte ihm sagen, dass es auch so war, doch er glaubte es
eben. Plötzlich machte der Geleitzug halt. Der Mann
welcher Bernd den Rum gegeben hatte, fragte laut: >>Was
ist los Harald, wieso halten wir?<< >>Ich weiss nicht recht
Magnus... Ich sehe da vorne etwas. Da versteckt sich
jemand in den...<< Ein Pfeil durchbohrte Haralds Kopf. Aus
den Büschen schossen viele davon auf sie zu. Magnus hob
das Schwert in die Höhe, gab seinem Pferd die Sporen und
rief wie ein Teufel zum Angriff. Als sie auf die Angreifer
zuritten, kamen von beiden Seiten noch mehr von ihnen. Es
waren Johanns Ordensbrüder, wie man am Wappen auf
ihren Rüstungen erkennen konnte: Ein silberner Schlüssel

in einem schwarzen Stern auf violettem Hintergrund. Anders als Theodors Männer waren sie nicht zu Pferde. Doch sie hatten lange Speere und gingen hart mit ihnen ins Gefecht. Magnus, dessen Pferd aufgespießt wurde, hieb mit seinem Schwert zahlreichen Gegnern den Kopf ab. Ein Mann kam und löste die Fesseln der drei Gefährten und drückte ihnen Speere in die Hände, und schrie dann: >>Kämpft für Theodor oder sterbt durch den Klerus!<< Eine Wahl die ihnen angesichts ihrer aussichtslosen Situation nicht schwer fiel. Sie erstachen in kürzester Zeit die übrigen kadavergehorsamen Ordensmänner, die bis zum letzten Mann kämpften. Doch dieser schwang sich auf ein Pferd und ritt davon. >>Haltet ihn!<< schrie Magnus zu den Wenigen, die von seinem Trupp noch übrig waren >>Er darf keine Kunde geben!<< Mehrere Krieger schossen ihm Pfeile nach, trafen aber nur seine Wade, was den kräftigen, dunklen Reiter kaum zu kümmern schien. Er war schon so gut wie über alle Berge. Nun war es kein Geheimnis mehr, wohin die Drei gehen würden. Aber bei Theodor würden sie vorerst sicher sein.

Blasius ging nervös in seiner Stube auf und ab. Er hätte sich die Haare ausraufen können, so wild war er. Er bereute es den Wärter Paul nicht langsamer und schmerzhafter umgebracht haben zu lassen. Wieder musste die Magd seinen furchtbaren Monolog mitanhören. >>Drei Mal! Drei Mal waren meine nutzlosen, inkompetenten Untergebenen dämlich genug, meine wichtigsten Gefangenen und zwei Verräter entkommen zu lassen! Wenigstens tut das mit dem Mädchen, was Johann angeht, jetzt auch nichts mehr zur Sache...<< sagte er und blieb stehen, wie als ob er in einem lichten Moment etwas begriffen hätte.>>Und doch. Es sieht so aus, als wäre ich aus dem Spiel raus. Ich habe keine Macht gewonnen, ganz im Gegenteil. Ich sollte mit meinem restlichen Besitz fliehen. Gar nicht möchte ich mir ausmalen, was Johann wohl mit mir macht, wenn die Sache erstmal endgültig schief geht.<< Er sah zu Boden und nahm einen ausgiebigen Atemzug.>>Ja, das wird das vernünftigste sein. Berta, richtet meinem Kutscher aus, er soll die große Transport-Kutsche bereit machen und packt schon mal meine wichtigsten Sachen zusammen. Es wird Zeit für mich aufzugeben.<< >>Ja, mein Herr.<< Und die Magd war erleichtert. Es freute sie für ihn, dass er sich zwar auch von seiner meisten Macht wie jedoch ebenso von seiner Bürde loszusagen wollte, wie es schien. Und sie hoffte, dass nun vielleicht auch ihr Dienstverhältnis zu ihm aufgelöst werden würde. Sie wollte schon durch die Tür als ein Gardist kam, um dem König auszurichten: >>Meister, ein Reiter Johanns kam gerade durch's Tor geritten. Er sagte es sei dringend.<< Und mit einem Male war Blasius wieder Gefangener seiner Bürde und seiner Selbst.>>Nun gut<< sagte er resigniert >>Er soll eintreten.<< Und der kräftige, dunkle Reiter humpelte herein. >>Ich grüße euch, König.<< >>Seid gegrüßt. Was habt ihr mir zu berichten.<< >>Zwei Dinge, erstens: Unser Ordensvater Johann wurde von Theodor gefangen genommen, als er sich wegen der jungen Rebellen bei ihm erkundigen wollte. So teilte es uns zumindest ein Informant des Klerikers Sebastian mit und wir haben von Johann, seit er Theodors Schloss betrat, auch nichts mehr gehört.<< >>Ja, das ist ja... das ist ja bedauerlich.<< sagte Blasius darauf. Natürlich hörte er das in Wirklichkeit gerne. Kein Kleriker Johann, kein Problem. Doch dann sprach der Bote weiter: >>Das bedeutet, dass wir uns mit Theodor im Kriege befinden. Und wir wollen um euren Beistand bitten.<< Hätte sich Blasius wegen dem ersten Eindruck dieser Botschaft nicht getäuscht, wäre er jetzt nicht enttäuscht gewesen. >>Aber ich habe doch fast alle meine Truppen entsendet die Rebellen einzusammeln. Ich bräuchte Tage, um sie wieder zurückzurufen und sie hier zu versammeln.<< >>Dann tut das unverzüglich. Wo wir gerade von den Rebellen sprechen. Das bringt mich zur zweiten Sache. Wir konnten Hartmut, Mathäus und Bernd in einem Konvoi Theodors kurz vor seinem Schloss ausfindig machen. Wir haben sie aus dem Hinterhalt überfallen mit der Absicht, sie uns zu holen, sind aber gescheitert. Nur ich konnte entkommen. Allerdings frage ich mich noch immer, warum diese Hexe namens Grimhild nicht unter ihnen war. Wisst ihr etwas davon?<< Blasius schluckte >>Nein.<< sagte er geschwind >>Nein, davon weiss ich nichts.<< >>Nun also gut. Können wir nun auf euren Beistand zählen?<< Zum ersten Male in seinem Leben erkannte König Blasius eines: Er hasste es König zu sein. Doch das änderte an seinem Charakter und den Umgangsformen, die er von kleinauf gelernt hatte, nichts. Ein König war eben König. Das hatte wenig mit der Kraft des freien Willens zu tun.>>Ja...<< sagte er und sah sich schon auf einem noch größerem Throne sitzen. >>Ja, ihr könnt auf mich zählen.<< und er verabschiedete sich. >>Vergesst das mit der Kutsche.<< sagte er der Magd, die ihren Verdruss nicht ganz verbergen konnte. >>Bringt mir Wein und dann lasst mich allein. Ich habe zu denken.<<

Unweit von Theodors Schloss, klopfte es an der Tür Sebastians bescheidenen Anwesens. Dieser öffnete die Tür und empfing den Informanten, der den Koch Theodors machte. >>Einen schönen Tag wünsche ich, Vater.<< sagte der Informant zum Kleriker und blickte sich um, um sich zu vergewissern, dass keiner sie belauschte. >>Ebenso. Was gibt es Neues?<< Sebastian wusste mehr als es Theodor und Blasius lieb war und schlug dabei so oft er konnte einen Vorteil für sich heraus. Natürlich immer ohne Aufsehen zu erregen mittels seiner Mittelsmänner. Nur wenige aus Johanns Orden wussten, dass auch er eines dessen

Mitglieder war. >>Hoch brisantes ereignet sich gerade. Ich konnte in Erfahrung bringen, dass Theodor nicht nur Johann gefangen genommen hat, sondern auch noch den drei von Blasius verzweifelt gesuchten Rebellen Unterschlupf gewährt.<< >>Dieser wagemutige Esel. Packt gleich zwei Löwen am Schwanz. Ich schätze Blasius wird ein kleines Vermögen zahlen, wenn ich es schaffe, sie ihm auszuhändigen.<< >>Wartet es kommt noch besser...<< flüsterte der Informant und blickte sich nochmal um >>Zu allem Überfluss hat Theodor zwei Berater Blasius', welche ihn verrieten bei sich aufgenommen. Euch leuchtet doch ein, dass ein Krieg heraufgezogen ist, der nicht mehr zu stoppen ist, nicht wahr?<< >>Ja, das würde jeder Blinde erkennen. Und Theodor wird ihn verlieren, dafür werde ich Sorge tragen, und obendrein wird für uns auch was dabei rausspringen. Hmm... wenn ihr es schafft, einen von ihnen in meine Gewalt zu bringen, soll es euer Schaden nicht sein.<< >>Wer schwebt euch dabei vor?<< >>So weit ich weiss, sind die paar Rebellen an Theodors Hofe von geringerer Bedeutung. Davon durchstreifen mittlerweile schon Hunderte das ganze Land. Nein, viel bedeutender sind seine verhassten Berater. Wie hiessen sie noch gleich?<< >>Der eine heisst Ulrich und war unter anderem sein strategischer Berater. Der Name des anderen lautet Erich, ein Hofphilosoph, hört sich nicht so wichtig an.<< >>Das sehe ich anders. Lasst euch etwas einfallen, wie ihr ihn aus Theodors sicheren Hallen locken könnt und bringt ihn mir.<< >>Oh, da fällt mir schon etwas ein. Ich kenne mich doch mit Hofphilosophen aus.<< Und er konnte sich ein böses Kichern nicht verkneifen.

17.

Gegen Abend wurde in Theodors Festsaal gesungen, getrunken und gespeist. Auch Hartmut, Mathäus und Bernd waren längst eingetroffen und der König wurde nicht müde, in seinen Reden an die Gäste sie zu loben. Als sie am Nachmittag eingetroffen waren, hatten sie zunächst eine Mordsangst hier festzusitzen oder noch Schlimmeres und vor allem Hartmut war in tiefer Sorge, seine Schwester nie mehr befreien zu können. Doch als sie Theodor im Schlosshof empfing, mit einem Lächeln im Gesicht, das sie Willkommen hiess, und lachend seine Männer anwies, sie zu entfesseln und sie mit ihm zu speisen hiess, wussten sie, dass sie hier bestens aufgehoben waren. >>Mit allen Wassern sind die gewaschen.<< rief Magnus in die Runde am Tisch und erzählte nochmal allen die Geschichte für die, die sie noch nicht gehört hatten. >>Da kommt also plötzlich ein Pfeil aus dem Gebüsch und durchbohrt dem guten Harald (Prost, auf dein Wohl) den Schädel. Da bin ich sofort mit dem Gaul auf sie zugeritten und wuchtete sie mit dem Schwert zu Boden. Doch so schnell konnt' ich gar nichts ahnen, da kam die ganze Rotte von beiden Seiten mit Speeren auf uns zu. Viele sind gefallen. Auf dein Wohl Siegbert, auf dein Wohl Wilhelm, auf dein Wohl Kurt!<< sagte er, hob sein Glas und trank es ganz aus. Dann fuhr er fort. >>Da wurde also die Hälfte unseres Zuges aufgespiesst und die drei Burschen waren gefesselt. Da hab ich mir gedacht, wenn ich denen schon meinen letzten Rum gebe, dann können sie sich endlich auch nützlich machen, ließ ihre Fesseln lösen und ihnen Speere in die Hände drücken. Und dieser Mathäus, der hat gleich den Speer durch zwei auf einmal gerammt wie ein Meister und dann gleich weitere drei. Die anderen beiden sind auch nicht minder gefährlich, kann ich euch sagen.<< Die Leute klatschten und pfiffen. Alle schienen bei guter Laune zu sein, nur nicht die drei Bejubelten. >>Was soll das lange Gesicht, Hartmut?<< fragte Magnus >>Eure Lobreden schmeicheln uns, Magnus. Auch sind wir froh, dass wir hier sicher sind und unsere Sache gemeinsam machen. Doch meine Schwester Grimhild fiel Blasius in die Hände und ich werde keine Ruhe finden, bis sie wieder frei ist.<< Schweigen >>Wenn sie nicht mehr lebt<< versprach Magnus >>schicke ich Blasius selbst in die Hölle, das bin ich euch schuldig.<< >>Tja...<< sagte Theodor >>Um den Teufel ist's nicht schade, doch genau das ist's gerade.<< und man verstand ihn. Auch er versicherte ihnen mehrmals noch an diesem Abend, dass er sie befreien lassen werde und müssten auch ganze Armeen dafür aufgewendet werden. Doch ausserdem wurde bekannt gegeben, dass die Fertigstellung der ersten Magnetschleudern in vollem Gange war. >>Sie werden uns nicht aufhalten können<< sagte Viktor. Schliesslich glaubte man die drei getröstet zu haben und schöpfte Zuversicht. Die Nacht wurde heiter und lang.

Erich, der ja keinen Alkohol gewohnt war, wurde zum ersten Mal in seinem Leben vom Wein ganz duselig. Er wollte sich schliesslich in sein Zimmer begeben, als ihm auf dem Weg dorthin eine Frau über den Weg lief. Sie war blond, schön und gut gerundet und überfiel Erich mit einer Bitte. >>Hübscher Mann, ihr seht ja recht kräftig aus.<< Erich dachte das selbst nicht von sich und wurde ganz verlegen. Er wusste nicht, wie ihm geschah. >>Nun gnädige Frau. Kommt ganz darauf an, wofür ich gebraucht werde.<< Sie lächelte einladend und zeigte dabei ihre schneeweissen Zähne >>Ach...<< fuhr sie fort >>Ich muss nur einen schweren Korb Rosen zu mir nach Hause tragen. Da braucht man ja einen starken Mann dazu.<< Die Vorstellung einen Korb Rosen, so voll beladen, dass er einer zarten Frau zu schwer ist, in deren Haus zu tragen schien ihm sonderbar. Und gerade das und die Art, wie sie es sagte, liessen sein sehnsüchtiges Herz höher schlagen und er willigte ein. Aufgeregt ging er der graziös vorausgehenden Dame nach. Der Sternenhimmel strahlte, doch er glaubte in ihren Augen etwas gefunden zu haben, das ihm mehr zu verheissen schien. Vor einem Gartentor blieb sie stehen. Dort war tatsächlich ein sehr großer, schwerer Rosenkorb. >>Das ist mein Haus.<< sagte sie, ihrem verlockenden Blick keinen Abbruch tuend. Erich packte den Korb und ging ihr in die dunkle Tür, die sie vor ihm öffnete, nach. Sie kicherte etwas übertrieben als, Erich eintrat. Plötzlich spürte er einen Schlag auf den Hinterkopf und sah schwarz.

>>Von einer Dirne in die Falle gelockt. Auf so etwas fällt auch nur einer rein, der so sehr denkt, dass er schon gar nicht mehr denkt.<< sagte eine schadenfrohe Stimme. Erich öffnete die Augen und sah einen sichtlich amüsierten, alten Mann. Er wollte vor Schreck aufspringen, stellte dabei aber fest, dass er angekettet war. Hier, nun als Erich schon wieder ein Gefangener war, blitzte Wut in seinen Augen und er schrie:>>Die Einsamkeit schwebte schon immer über meinem Haupte und die Einzigkeit war, ist und bleibt mein hartes, hartes Los bis *es* endet. Und ihr hinterhältiger Fallensteller schämt euch nicht, sich das zu Nutze gemacht zu haben?<< >>Keineswegs. Glaubst du, ich kennte das nicht? Ich bin Kleriker und zwar kein geringer. Der eine lebt für sein Leben, der andere für das Werk. Nach meinem doch schon langem Leben stellte ich fest, dass zweiteres zu bevorzugen ist. Das Wunschdenken eines Jungspundes kümmert mich wenig. Du kannst also deine Möglichkeiten nutzen oder trotzen. Also sag mir, wie entscheidest du dich?<< >>Der eine fragt sich nur nach dem Sinn, der andere sinnt auch nach der Frage. Aber zweiteres tut ihr doch schon längst nicht mehr, oder? Da ihr ja, noch nie auf eine

Antwort kamt, nicht wahr? So bleibt eben im Unklaren über den Sinn eures verbitterten Lebens. Seht, die Antwort lautet so: Für den Tod leben, oder für das Leben sterben?<< Der Alte musste lachen. >>Ha! Ha, nein, wie ihr mich amüsiert! Reibt das doch Blasius und seinen fragwürdigen Nachkommen unter die Nase oder kehrt um und schliesst euch dem Schlüsselorden an.<< >>Nie wieder werde ich einen Menschen Vater nennen, der nicht mein Vater ist. Das schwöre ich bei den Brüdern, die ich nie hatte!<< Der Alte schüttelte den Kopf >>Schade für dich. Nun gut, du hast fertig gesprochen... Bringt ihn zur Kutsche!<< sagte er durch die offenstehende Tür zu jemanden den Erich nicht sehen konnte. Und ein maskierter Mann kam herein und steckte ihm einen Sack über den Kopf. Im nächsten Augenblick zerrte man ihn über Stufen und durch Türen zur Kutsche, verstaute ihn darin und machte sie zu. Dann klapperte diese davon.

18.

Am nächsten Tag wurde die gesamte Soldatenschaft von Theodors Landen mobilisiert. Vom jüngsten bis zum ältesten kampffähigen Manne setzten Theodor und seine Generäle alles in Bewegung, was sie hatten. Beim Mittagsessen mit den wichtigsten Sachverständigen und Kriegsleuten begann sich Theodor zu fragen, wo Erich so lange verweilte. >>Ist er denn noch in seinem Bett? Wo bleibt er denn so lange?<< fragte Theodor seine Magd >>Er hat gestern wohl einen über den Durst getrunken<< sagte sie >>Ich gehe mal nach ihm sehen.<< Man aß und sammelte seinen Mut. Der Schlüsselorden oder Blasius würden bald zum Angriff rücken. Schliesslich kam nach langem Warten die Magd wieder herbeigerannt. >>Meister, Meister! Ich habe ihn überall gesucht und ihn nicht gefunden.<<

Theodor schwante Übles. >>Friedrich<< sagte er zu seinem Berater gewandt. >>Ja, mein Herr?<< >>Leitet Ermittlungen ein. Niemand soll mein Haus verlassen bis geklärt ist, warum er nicht da ist.<< Ein Sturm zog auf und ein Unglück folgte auf's andere, denn ein Bote kam zu Theodor. >>Soldaten des Schlüsselordens sind im Anmarsch.<< >>Wie viele?<< >>Um die Dreitausend.<< >>Nie hätte ich selbst dem Schlüsselorden solch eine Streitmacht zugetraut. Hier sind wir gerade mal Siebenhundert.<< Man muss wissen, dass Theodors Schloss in einem Städtchen mitten auf einer weiten Ebene lag, zu allen Seiten offen und eigentlich leicht zu erstürmen war. Doch er hatte die mit Blitzkraft betriebenen Kommunikationsanlagen einrichten lassen durch die sich die Truppen gut und schnell verlagern liessen, automatische Fallen und die mit Blitzkraft und Magneten funktionierenden Schleudern, welche Rüstungen wie Papier durchdringen konnten. Und doch war seine Streitkraft zahlenmäßig zwergenhaft gegen die des Schlüsselordens und die welche Blasius noch entsenden würde. Kein Augenblick blieb zum verschnaufen. Vom höchsten Turm des Schlosses aus konnte man schon eine Masse ungezählter Soldaten sehen, die paukend und posaunend immer näher kamen. Oben auf den Türmen war man bereit. >>Schützen in Stellung, auf mein Kommando schiessen!<< schrie Magnus. Auch Hartmut, Bernd, Viktor und Mathäus waren gewappnet. Bei all diesem eiligen Treiben und Tummeln wollte sich der Koch des Königs in aller Heimlichkeit davonstehlen. Doch das sollte ihm nicht glücken. >>Ihr da!<< rief ein Gardist ihm nach, als er gerade unten aus dem Schlossgarten ins Städtchen wollte. >>Wo wollt ihr hin? Theodor hat befohlen, dass auch ihr im Schloss bleiben sollt!<< >>Ich...ich wollte zur Front.<< stotterte der Wicht. Eine unbedachte, selbstverräterische Ausrede, eine bessere fiel ihm aber, überrascht wie er kurz

74

vor Vollbringung seiner frischen Tat war, nicht ein. >>Die Waffen wurden ja schon drinnen ausgegeben und ihr habt nicht mal eine. Ausserdem gibt es keine Front ausserhalb der Stadt!<< >>Wisst ihr.. ich..<< Er verstummte und im nächsten Augenblicke rannte er auf die feindliche Armee zu. Doch der Gardist feuerte ihm mit seiner Schleuder in den Fuß und war selbst überrascht, dass es diesen ganz wegfetzte. Es lag auf der Hand, wer der Schuldige war und langsam dämmerte es dem Gardisten auch, warum der Koch die Dirne in der gestrigen Nacht hat kommen lassen. Doch kaum erwischte er den kriechenden Schurken um ihn nach drinnen zu schleppen und ihn dem König vorzuführen, stürmten schon Reiter des Feindes die Gassen. Er rannte so schnell er mit dem Übeltäter auf dem Rücken nur konnte. Er verschloss gerade noch rechtzeitig die Pforte, vor der die Pferde der feindlichen Reiter wiehernd zum Halt kamen. Aus der Stadt flohen die letzten Frauen und Kinder in die Sicherheit des Schlosses und nicht nur oben in den Wolken tobte ein Sturm. Mit dem ersten Donnergroll kam es unten vor den Mauern zum Nahkampf. Unterstützt von den Schleuderschützen war es beinahe ein Leichtes, die erste Welle der mit langen, scharfen Schwertern bewaffneten feindlichen Kämpfer zurückzudrängen. Aber die schier endlos erscheinende Menge von Angreifern hörte nicht auf todeswillig auf Theodors Verteidiger vor den Mauern einzuschlagen. Und prompt hatten sie fast alle von ihnen ins Jenseits geschickt. Es war sinnlos weitere Soldaten vor die Mauern zu schicken, wer noch konnte rannte zurück in die Festung. Man verriegelte das Tor. Dann kam der Feind mit einem Rammbock und versuchte es zu erstürmen. Hinter dem Tor waren Magnus, Hartmut, Viktor, Bernd und Mathäus und hielten sich bereit. >>Sagt dem Leben euren Gruß, denn dies könnte unser letzter Tag sein!<< sprach Magnus und wartete nur noch darauf, dass das Tor berstete und er dem ersten verhassten Gegner das

Haupt vom Leibe schlage. Unterdessen stießen die besten Ritter Theodors zu ihnen. Mit einem Rumms brach das Tor und geschickte, gnadenlose, nach ihrem Leben trachtende Kämpfer strömten wie ein Schwarm Hornissen hinein. Mathäus übertraf sich selbst und spiesste durch die Köpfe dreier hintereinanderstehender Gegner mit einem Stoß seinen Speer. Der große Viktor zerschmetterte die Köpfe samt den Helmen mit seinem Morgenstern. Alle kämpften sie um ihr Leben, doch es nahm kein Ende. Als sie dachten nicht mehr stand halten zu können, schlug ein Blitz auf die mit viel Metall gerüsteten Ordensdiener ein. Schneller als der Menschenblick, sprangen sie von Einem zum Anderen über. Das war die beste Gelegenheit zum taktischen Rückzug. Magnus pfiff und sie rannten die Treppe zur Mauer hoch, zu den anderen. Dort bot sich bald ein Mut machender Anblick, denn der Feind war am Verlieren. Mit einem letzten Schlag versuchten die übrigen Tausend Männer des Schlüsselordens das Gefecht für sich zu entscheiden und stürmten durch zwei Tore gleichzeitig so schnell es ging die gesamte Festung. Die Männer Theodors konnten gegen sie auf Distanz nicht mehr viel ausrichten. Mit Schwertern und Speeren, hieben und spießten sie schonungslos und todesnahe so gut sie nur konnten. Doch die Ordensmänner waren erfahren im Kampfe und das mindestens genau so gut wie sie selbst. Es wurde ein Gemetzel sondergleichen. Während alledem brachen die Ordensmänner in die Halle Theodors durch. Ein hochgewachsener, mit langem Schwert bewaffneter Krieger, wahrscheinlich der größte von allen bildete die Spitze von einer mindesten 15 Mann starken Truppe. Theodor war schon gerüstet und bereit seine Halle zu verteidigen. >>Alter Mann, ergebt euch und kommt mit in unsere Gefangenschaft. Denn unser Herr kann nicht erschlagen werden.<< sagte der Riese. Doch Theodor stieg

gar nicht erst auf sein hohles Drohen ein und stürmte auf
sie zu. Sie waren verdutzt wie schnell und wie kräftig der
Alte mit seinem Schwert umging. Nur unterstützt von
seinen zwei Gardisten kämpfte er sich durch den Haufen
durch. Minuten später war nur mehr noch der Führer der
Truppe übrig, Theodors Garde gefallen und sie stießen und
hieben auf einander ein. Als der Riese seinen Helm verlor,
stieß ihm Theodor in einem günstigen Augenblick das
Schwert durch sein Auge in den Kopf, sank zu Boden und
atmete durch. Draussen im Schlosshof ging nach vielen
qualvollen Minuten, die den Männern wie Stunden
vorkamen, endlich der Kampf auf sein Ende zu. Als der
letzte Feind niedergestreckt wurde, hörte auch der Sturm
auf. Und als die Sonne hervorkam rief Magnus laut, auf
dass es alle wissen: >>Bei Donnerschall und Blitzschlag, wir
haben gesiegt!<<

19.

Er wurde aus der Kutsche gerissen und über einen
Schotterweg, vor eine Tür gezerrt. Der Geruch dieses Ortes
schien ihm vertraut, er ahnte es schon, wo er war. Dann
nahm man ihm den Sack vom Kopf. Es war Blasius' Tür. Der
maskierte Mann klopfte und kurz darauf kam der gehetzt
dreinblickende Blasius höchstpersönlich sie zu öffnen.
>>Ein Geschenk unseres Ordens.<< sagte der Maskierte und
warf ihm Erich vor die Füße. >>So schliesst sich der Kreis.
Nun wirst Du deine Stube nie wieder verlassen.<< Erich
schmeckte Bitterkeit. Doch er lachte nur höhnisch und
sagte: >>Ha! Denkt ihr wirklich noch immer ins Stoppen
bringen zu können, was hier in Bewegung geraten ist? Ihr
tätet besser daran, mich sofort zu köpfen, denn meine
Freunde sind vermutlich schon auf dem Weg, mich zu
retten.<< Erich wusste nicht, dass Blasius bereits von
Johanns Gefangenschaft erfahren hatte. Jedoch Blasius

wiederrum wusste auch nicht, wie sich die Schlacht von Johanns Männern entschieden hatte. >>Wenn Du wüstest, du kümmerlicher Schreiberling. Wir haben schon hunderte Rebellen gefangen genommen und mit Hilfe der Verzaglichsten unter ihnen konnten wir weitere ausfindig machen. Bald sind sie alle in der Gewalt des Schlüsselordens oder in meinem Verlies. Und glaubt ihr auch noch tatsächlich, dass ich nicht über den Esel Theodor und seine törichten Taten und naiven Pläne bescheid weiss? Zu dieser Stunde wird er wohl schon vor den Henker gebracht, zumindest in dem für ihn günstigsten Falle.<< Und Blasius spottete und spuckte und lachte über Erich. Dieser hingegen fand keine Worte mehr auf dieses selbstherrliche Gerede dieser jeglicher Bezeichnung nicht werten Person. >>Bringt ihn ins Verlies. Und lasst ihn mir nicht aus den Augen. Lasst den Kerker durchgehend bewachen, auf dass ich euch nicht alle hängen lasse!<< Erich sah ihm noch einmal in sein Antlitz empor. >>Wem wolltet ihr's befehlen den Letzten
hängen zu lassen, wenn alle schon gehängt sind?<< Doch er gebärdete nur verachtend ihn wegzuschaffen. Blasius schloss hinter sich die Tür und überlegte. Er kannte sich sehr gut beim Schach immer dann zu verlieren, wenn das Spiel sich scheinbar zu seinen Gunsten dem Ende neigte und er dann doch noch einen voreiligen Zug machte, der ihm den Sieg kostete. Aber diesmal war es kein Spiel und es ging um sein Leben. Natürlich ließ er sich vor Erich allein schon aus Stolz nichts von seinen Selbstzweifeln anmerken, doch er hatte Angst. Wieder ging er kreuz und quer durch sein prunkvolles Schloss. Er hoffte bald weitere erleichternde Nachrichten vom Schlüsselorden zu erhalten. >>Keine Festung wie jene von Theodor eine ist, könnte sich gegen den Schlüsselorden behaupten<< sagte er bei sich, um seine Sorgen zu vertrösten. >>In Kürze werden die

Eingeweihten zur Preisgabe ihres Wissens gezwungen werden. Diese Bauern sind gewiss schon in einem Käfig auf dem Weg zu mir und Johann befreit. Falls dieser Bastard nicht schon tot ist.<<

>>Und so hat es sich zugetragen. Nun bin ich wieder hier. Und ich will entweder sterben oder endlich frei sein.<< Der Kerkermeister war sehr erstaunt über Erich's Erzählung, doch wunderte er sich. >>Eine wahrhaftig mitreissende Geschichte und es wird wohl nicht nur eine Geschichte bleiben. Doch sagt mir noch eines. Woher wusstet ihr, dass ich Grimhild befreit habe?<< Erich musste grinsen und etwas Galgenhumor lag darin. >>Wie hätte sie wohl sonst hier rauskommen sollen?<< Und als er verstand, musste auch er schmunzeln, doch dann sprach er zu Erich ernst und schweren Mutes: >>Aber ihr wisst, Meister, dass ich so etwas nicht noch einmal machen kann. Es wäre unser aller Verhängnis. Blasius wurde während all der Zeit regelrecht besessen von seinem Vorhaben.<< >>Ja...<< sagte Erich und seufzte >>Er war immer schon besessen. Aber noch besessener waren die, welche ihn dazu und damit sich selbst erhoben haben. Doch das geht mich nun nichts mehr an. Ich habe ihm und dann endlich auch dem Volk meine Philosophie hinterlassen. Möge sie ihnen ein Lichtblick sein.<< Der Kerkermeister war berührt und gedachte Grimhilds Worten, dass er diese Arbeit nicht mehr lange machen müssen würde, er hoffte sehr darauf. Dann war es für ihn Zeit zu gehen. >>Habt ihr noch einen Wunsch, Meister?<< >>Ja<< antwortete Erich mit einem hellen Lächeln im Gesicht >>Bringt mir einen Strick, wenn ich es von euch verlange und es euch nicht zum Nachteil wird.<< Der Kerkermeister verstand und sprach: >>Gewiss werde ich euch von jener Tür nicht fernhalten. Nun denn, ich werde nun gehen. Lasst euch gesagt sein, dass ich euch das Beste wünsche.<< Das ließ er sich gesagt sein, und dann war er allein. Wieder einmal. Wie viele Rätsel er schon gelöst

hatte, wie viele Seiten er doch schon geschrieben hatte. Er hatte noch kein Kind gezeugt, geschweige denn eine Frau gehabt, dafür hatte er seine ganze Jugend lang Bücher für ein Sprichwort geschrieben. Abertausende Seiten. Manchmal zweifelte er selbst am Sinn seines Werkes. Ein Rätsel ließ sich am Schluss doch nur durch Handeln zu seiner Vollendung, zu seiner Lösung bringen. Das wusste einer, der um die Gunst eines ignoranten Königs schreiben musste, nur zu gut. Sein Gott war der Jenige, der in der Finsternis eingekerkert war und sich eine Menschenwelt erträumte, um sich zu trösten. Wie dankten sie's ihm? >>Ja, ach. So ist's mit der Wahrheit.<< stieß er ins Nichts seiner Zelle. Es hörte ihn ja keiner. Er ahnte es sein ganzes Leben schon, doch nun gestand er sich's ein: Er war ein Sklave, ein äußerst nützlicher noch dazu. Wie schon so oft sprach er mit sich selbst und tat so, als sagte es ein anderer: >>Der Welt kannst Du egal sein. Aber die Welt kann Dir nicht egal sein.<< Und doch, gerade deswegen konnte er nicht wanken. Niemand ist vollkommen und er *war* niemand und niemand konnte das verstehen. Umso besser für ihn, denn er kannte die Wahrheit. Erich hatte seine Weisheit zu Papier gebracht. Er hätte seinen Frieden und seine Schriften ihren Platz gefunden, wäre nicht die Herrschaft des Elektrohades angebrochen. Denn er gewann zwar bald seine Freiheit wieder und Blasius wurde schnell von Theodor besiegt, doch weder dieser noch die Rebellen wussten, was der engste Kreis des Schlüsselordens wusste...